Marie-Ange Carral

Anadrome

Roman policier

© 2020, Carral, Marie-Ange
Edition : Books on Demand,
12/14 rond-Point des Champs-Elysées, 75008 Paris
Impression : BoD - Books on Demand, Norderstedt, Allemagne
ISBN : 9782322190300
Dépôt légal : mai 2020

« *Mais les vrais voyageurs sont ceux-là seuls*
qui partent
Pour partir, cœurs légers, semblables aux ballons,
De leur fatalité jamais ils ne s'écartent,
Et, sans savoir pourquoi, disent toujours : Allons ! »

Baudelaire

Anadrome :
Du grec anadromos, qui court en remontant

Anadrome se dit d'un poisson qui remonte un fleuve.

Nager à contre-courant pour reprendre le chemin de sa vie n'est pas chose facile. Mais si une force irrésistible nous y pousse, c'est peut-être pour du meilleur à venir.

Non loin de Valence dans la Drôme, dans cette merveilleuse région traversée par le Rhône qui ouvre les portes sur la Provence, quelques-uns de ces "poissons" vont tenter de remonter le courant, si de plus gros qu'eux veulent bien leur en laisser le loisir...

J'écris depuis vingt ans des romans policiers et historiques, des nouvelles et des biographies pour les particuliers.

Je souhaite que mes romans dont les intrigues se déroulent dans la région où j'habite, le sud-est de la France, vous séduisent...

Marie-Ange Carral

1

Je m'appelle André, je suis chauffeur-livreur. J'ai abandonné mes études après une première année au lycée, parce que je ne comprenais pas ce que je faisais là. Je ne comprenais plus rien. J'avais eu quelques aventures amoureuses pendant l'été, enfin, aventures est un bien grand mot, et à la rentrée, je n'arrivais plus à reprendre pied dans le quotidien. Peut-être y avait-il un rapport de cause à effet.

Pourtant, j'y mettais du cœur, mais les études ne prenaient pas le cours que j'espérais. Je trouvais les professeurs, ou bien indifférents, ou bien trop pressants, comme l'assistante de chimie qui m'avait dit, alors que j'essayais de lui faire entendre que je ne comprenais rien, que j'avais de beaux yeux bleus. En fait, tout se passait comme si j'étais sur une autre planète. Auparavant, j'adorais la rentrée, la venue de l'automne, la camaraderie, le sport. A présent, lorsque j'y réfléchissais trop, je sentais monter une nausée, alors, j'essayais de ne pas penser.

Bientôt, j'ai fini par abandonner la partie. Pendant les cours, je regardais par les fenêtres, ce qui se passait au-dehors. Mais le lycée était bâti au milieu d'un no man's land, et il ne se passait rien. La plupart de mes camarades semblaient passionnés, happés par leurs études. D'autres s'évadaient par tous les moyens, il est vrai. Mais on ne partageait pas nos doutes et nos émotions ; les professeurs organisaient chez eux des après-midi de discussion, et mon meilleur ami Félicien m'engageait à l'accompagner chez l'assistante de chimie, les mercredis. Je lui dis qu'elle m'avait fait des avances, et Félicien trouva cela du plus haut comique. « *Qu'est-ce que tu racontes ? On dit qu'elle n'aime que les femmes ! Arrête la bibine, ça ira mieux. Vu tes notes, tu devrais faire un effort...*»

Oui, il y avait l'alcool, qui circulait pas mal à l'internat. C'était devenu le seule chose importante de ces journées interminables. Il me vint que les études n'étaient pas faites pour moi et pourtant, j'avais été un bon élève, j'entendais encore cet instituteur qui me donnait rendez-vous le lendemain du bac pour fêter ça.

Un jour de février, je rentrai à la maison en milieu de semaine et j'annonçai à mes parents que je souhaitais arrêter mes études.
—Et qu'est-ce que tu comptes faire ?
—Je ne sais pas encore... Travailler, c'est sûr, mais dans quoi, je ne sais pas.
Mes parents étaient des personnes compréhensives. Il me faisait confiance. Ils m'aimaient.
—Tu veux en parler à tes frères ? Qu'est-ce qui ne va pas ?
—Rien, et ... tout. Je ne me retrouve pas... je ne vois plus mes buts...

Nous restâmes un moment en silence, partageant du café. Mes deux frères aînés avaient une bonne situation et une famille. Pour moi, leur chemin de vie était une évidence. Il me semblait qu'ils ne rencontraient jamais de problèmes majeurs, tout paraissait aller bien.

Enfin, pour ce qui est de Christophe, il avait l'air bien triste depuis quelques temps. C'est vrai que Sylvaine partait souvent en mission à l'autre bout du monde, et qu'ils n'ont pas encore d'enfants... Lui qui les aime tant... Mais je n'ai pas osé lui parler la dernière fois. Et puis, ça ne me regarde pas et d'ailleurs, comment l'aider ? Quand on se voyait, avec François et Christophe, on parlait surtout sport et vacances. Ils me donnaient des bourrades amicales :
« *Alors, et les filles... ? Quand nous présentes-tu notre nouvelle belle-sœur ?* »

Des filles, oui, j'en amenais chez moi, mais je n'avais pas encore trouvé celle avec qui j'aimerais construire quelque chose.
Alors, les congés se passaient entre le foot et les copains. A boire pas mal, mais à trente-cinq ans, je récupérais de moins en moins vite.

C'est dingue comme le temps a passé depuis le lycée. De petits boulots en petits boulots, j'ai fini par me faire une spécialité de la livraison en fourgon. J'ai même pu mettre de côté pour acheter mon propre camion. Mais je ne sais pas pourquoi, j'hésite encore. Cette vie me va.

J'aime aussi cuisiner. Je n'en parle pas trop. Mais j'aime ça. Christophe qui a un gîte non loin de Valence, les Bergerets, voudrait que je travaille avec lui. Mais je ne suis pas sûr... Sur la route, je peux rêver à ma guise, à rien de précis. Je rêve de longs voyages.

Il y a un mois de ça, au supermarché, j'ai acheté un hamburger et une bière, et je me suis arrêté à la papeterie. J'ai pris un cahier à spirale, et un stylo sympa. Je les ai longtemps regardés. Je n'avais pas manipulé de cahiers et de stylos depuis la fin de mes études. Mais ils s'imposaient à moi, me chauffaient les mains ; sur la couverture du cahier, il y avait écrit : *livret pour les rêves*, bizarre pour un truc d'école, et pour un chauffeur-livreur, un livret qui chauffe les mains, j'ai trouvé ça super étrange, et je suis ressorti avec.

Depuis, le soir, j'ai moins de temps pour les copains, j'ai envie de tirer le cahier et le stylo de leur cachette, et d'écrire, d'écrire. J'ai de la hâte comme pour un rendez-vous amoureux. J'ai du mal avec l'orthographe, les tournures de phrases mais c'est comme si les mots se pressaient au portillon de peur de ne pas pouvoir sortir. Très étrange. Je pourrais écrire sur mon ordinateur, mais ça ne me dit rien.
D'ailleurs, il m'est venu que ces mots attendaient depuis l'abandon de mes études. A ce moment-là, j'écrivais encore au stylo. Alors, j'écris, j'écris, tout ce qui se passe dans ma journée, tout ce qui se passe autour de moi.

Curieusement, depuis que je remplis le cahier, je me sens mieux. C'est comme si j'avais enfin trouvé un but à ma vie. Des fois, je suis en famille, je pense à ce que je vais mettre dans le cahier en rentrant, je pense qu'il va falloir que je m'achète un stock de cahiers, parce que je sais que je ne vais pas me lasser de sitôt. Je respire profondément, je souris tout seul.

Mes parents me demandent ce qui me rend si joyeux, ils pensent certainement que j'ai une fille, mais je réponds que non, c'est parce que ton gratin, maman, il est vraiment super extra, il déchire, et maman me regarde d'un air attendri, secoue doucement la tête en m'appelant *mon petit garçon rêveur,* et je ne regrette pas mon mensonge, et ce n'est pas un mensonge, son gratin déchire réellement. J'en reprends une bonne part.

Il faudra que j'achète des carnets que je garderai avec moi, parce que je voudrais noter des choses tout de suite et le cahier est à la maison. Est-ce que je l'ai assez bien rangé ? Parce que des fois Félicien m'emprunte mon petit appart' pour des rendez-vous et je ne voudrais pas qu'il découvre mon univers secret.

Félicien poursuit ses études, qui courent vite. Apparemment, ses entrevues privées avec l'assistante de chimie n'ont pas boosté son cursus. Je n'arrive jamais bien à comprendre ce qu'il étudie. C'est souvent, il me semble, une nouvelle spécialisation qui se surajoute à une autre, mais toujours en décalage avec la demande

du marché. Alors, il essaie de rectifier le tir. Félicien n'a pas d'argent. Il me tape souvent.
La semaine dernière, quand je suis rentré, je l'ai trouvé prostré sur mon canapé, le visage caché par son étrange coupe de cheveux comme les pages du Moyen âge, ou comme les enfants des années 70, il a de beaux cheveux blancs, oui, blancs, c'est bizarre pour un type de trente-cinq ans, et ça fait longtemps que ses cheveux ont cette teinte.
Il a des yeux clairs mélancoliques et le teint clair aussi, ça lui donne un air de poète maudit qui plaît bien aux filles : elles ont toute envie de soigner ce spleen qui ne le quitte pas. Car il souffre d'une légère surdité, due à un accident survenu dans son enfance. Il en éprouve un complexe d'infériorité qui le fait se renfermer sur lui-même.

Donc, je l'ai trouvé prostré sur mon canapé. J'ai demandé s'il était malade, s'il avait besoin d'argent. Il a dit non, s'est levé, m'a souri, m'a donné une bourrade amicale et il est parti. Je ne l'ai pas revu depuis. C'est la rentrée des facs, il a dû reprendre ses cours. J'ai vite regardé si mon cahier était bien à sa place, entre mon sommier et le matelas, il y était. Après, il n'y avait pas de raison pour que Félicien soit venu dans la chambre, puisqu'il était seul. Il faudra que je trouve quand même une autre cachette, ou carrément, que je l'emporte avec moi. J'ai pensé à Félicien toute la journée. Il devrait arrêter les pétards, ça le rend encore plus triste que d'habitude.

Depuis quelques temps, j'ai envie de déménager. Mon appart' est tout petit. De l'autre côté de la rue, il y a l'entrée de la maison de retraite. Au-dessus des toits de l'établissement assez ancien, mais rénové, il y a le ciel. Le soir, c'est un vrai bonheur. Je me penche un peu, sur ma droite, le ciel est orange, mauve, rose, je prends des photos pour quand je peindrai, parce que maintenant, j'ai aussi envie de peindre. Du fait de la présence de la maison de retraite, la rue n'est pas très animée, sauf le dimanche, parce que les familles débarquent. Heureusement, le coup de feu ne dure pas longtemps. Les résidents sont nombreux, mais il y en a certains qui me voient à ma fenêtre, lorsqu'ils sortent et qui me font à présent un petit signe de la main.

J'ai mes préférés : surtout deux vieilles dames, qui ont l'air bien gentilles : l'une semble veiller sur l'autre. Elles sortent en se donnant le bras et vont vers le village. Elles reviennent assez vite. Quand elles reviennent avec des courses, ce sont toujours de petits paquets. Leurs moyens doivent être réduits. Pire que les miens, si ça se trouve, et ce n'est pas peu dire. Si j'osais, je les inviterais bien à prendre un verre. Je suis sûre que ces personnes ont eu des vies passionnantes à raconter. Mais je n'ose pas. Et puis, je ne pense jamais à regarnir le frigo, et je n'ai rien à offrir.

Ces derniers temps, mes deux préférées sortent moins, et quand elles sortent, elles répondent en souriant à mon bonjour, mais s'éloignent en chuchotant, du plus vite qu'elles peuvent. Il n'y a pas longtemps, protégé par les doubles rideaux, je les ai vues compter leurs sous à la lumière du lampadaire. Je vois plein de choses qui se passent, dans la cour de cette maison de retraite. Des départs, des arrivées, pas toujours bien gaies, discrètes le plus souvent. Les ambulances, le corbillard. Bon, c'est toujours mieux que d'habiter en face d'un abattoir. Et mon loyer n'est pas cher.

Les feuilles des platanes crépitent en courant sur le goudron, il fait encore bon, mais l'automne se profile. C'est joli, ça, les feuilles crépitent, l'automne se profile. Les copains rigoleraient s'ils lisaient mon cahier. Samedi, ils me proposent d'aller au lac. On pourrait encore se baigner, rencontrer des filles. Il y a encore des Hollandaises en vacances. Mais ça ne me dit rien. Ou bien, si je pars, j'ai envie de partir seul.

Emile Cachaud dit le Geôlier, mon patron, enfin, le type qui me donne des tournées, m'appelle. Pour le week-end, il y a un transport de télés pour le midi. Ça t'intéresse, André? Super bien payé. Si possible, tu partiras vendredi soir. Tu laisses le fourgon à Bourg-lès-Valence, derrière l'entrepôt Pridou Discount, avant dix heures du soir, comme la dernière fois pour les pompes. Tu ne déballes rien. J'ai vendu le camion avec. Je paie d'avance, tu te poses pas de questions. Parce que j'ai l'impression que tu deviens cérébral en ce moment. Éclat de rire gras. Je te poserai une enveloppe dans ta boîte vers midi. C'est OK ?

Oui, c'est OK. Je poserai le fourgon derrière le Pridou Discount, sans déballer, comme convenu. Mais je ne reviendrai pas bosser. Du moins pas tout de suite. Et pas chez l'Emile ! Je viens de prendre ma décision. Ça vient de me venir : ce n'est pas de déménager, dont j'ai envie, c'est de partir. Partir sans but. J'espère que je verrai mes protégées une dernière fois, aujourd'hui. Une manière d'au revoir. Ou d'adieu. Qui sait ? Je voudrais leur dire de partir aussi, qu'est-ce qui peut leur arriver de pire, à part moisir dans cette bâtisse...

Bon, ben, il n'y a plus qu'à préparer son sac. Ça sera vite fait. Une onde de quelque chose qui ressemble au bonheur gonfle ma poitrine et mon cœur.

2

Son regard ne se détournait pas, sans émotions, peut-être un peu de surprise tout de même. Ainsi, c'était si facile. L'homme avait l'habitude : il déposa l'argent avec dextérité sur le joli boutis du couvre-lit. Non, pas dextérité, oui, habitude. Elle demeura un moment glacée. Dans le miroir, tandis qu'elle relevait ses cheveux en un chignon vite fait, Maude l'avait vu lui sourire, d'un sourire étrange, comme on sourit à un enfant convalescent.

—Tu avais besoin d'argent, c'est ça ?
—Oui, enfin … Je veux dire non..
—Tu vois beaucoup d'hommes ?
Ces mots l'effrayèrent beaucoup.
—Mais non, qu'est-ce que vous allez chercher...
— Je te crois, finalement. Tu manques de savoir-faire.
—Parce que vous, les femmes qui se font payer, c'est votre ordinaire ?

Il soupira, se leva et ajusta sa chemise.
— Je dois partir. Si tu veux qu'on se revoie, tu appelles à ce numéro, et tu dis que tu es la secrétaire de mon ostéopathe.
—Et à qui je dis ça ?
—A mon assistante. Elle s'appelle Rose. Tu demandes Rose.

—Ah Rose, ton assistante... Bon, il faut prendre rendez-vous !
—Je suis très occupé.
Dans le silence de la chambre, elle tentait de soumettre les minuscules boutons de soie de la guêpière, sans baisser les yeux, cherchant une réponse au fond de ses prunelles. Une réprobation, un assentiment, un conseil. Mais rien. Même son regard la fuyait.

Voilà, c'était fait. Pour de l'argent. Elle tenta de réfléchir à la différence qu'il y avait à le faire pour de l'amour. Pour l'amour ! Mais son cerveau avait mis des volets roulants.

Ils avaient conversé pendant des semaines sur internet, c'était un homme normal. Avec sa femme, c'était compliqué, il cherchait autre chose, il n'avait pas d'enfants. Ils n'avaient pas communiqué autrement que par téléphone et mails, quelques photos uniquement, ils préféraient l'un et l'autre se laisser la surprise de la découverte.
Ils se donnèrent rendez-vous dans un café de la vieille ville, Maude arriva en retard parce qu'elle n'arrivait pas à se garer. Il lui sourit de loin, se leva et vint à sa rencontre. Un bel homme, encore mieux qu'en photo. Un peu enveloppé, mais Maude ne détestait pas les hommes confortables. Une chemise fine, des chaussures impeccables, il se laissa détailler sans déplaisir. En plus, il sentait bon, quand il se pencha pour effleurer sa main.

La serveuse s'approcha. Vous prenez quelque chose, madame ?
Ces mots sonnaient comme une invite à se lever et partir. Mais Christian, - il disait s'appeler Christian -, renchérissait:
— Qu'est-ce que vous prenez, Maude ?
Il prononça ces mots sur un ton abrupt qui la tira de sa torpeur.
— Un café.
— Un café à cette heure ?

Puis ils échangèrent sur le temps, Merci le temps. Oui, il avait fait bon voyage. Je suis ravi d'être là et toi, je peux dire toi, Maude ?
— Moi aussi j'ai fait bon voyage, fit sottement Maude, qui lui avait dit qu'elle était de la région.
Il prit cela pour de l'humour et rit en dévoilant une dentition parfaite.
—Vous me plaisez, énonça-t-il après un silence, avec un coup d'œil à sa montre. Une Rolex deux ors. Elle pensa qu'elle avait oublié de s'épiler le maillot. Dans la fougue de la première rencontre, ça ne compterait pas.

Mais à présent, Maude cherchait vainement leur précieuse complicité virtuelle. Elle se sentait déplacée et aussi peu concernée qu'à un entretien d'embauche auquel ni l'un ni l'autre des protagonistes ne donnera suite. Ou plutôt, on aurait dit un rendez-vous d'affaires. Maude réalisa subitement qu'il s'agissait bien de cela.

Car c'est à ce moment qu'elle avait décidé qu'elle lui demanderait de l'argent.

Elle ne se souvenait plus d'ailleurs, de la manière dont elle s'y était prise, qui devait être effarante. Mais il n'avait marqué aucune surprise, et comme il baissait les yeux pour boutonner sa chemise, elle ne vit pas son expression.

Elle ne parvint pas à fermer la guêpière, l'arracha et la jeta en boule dans son sac, puis enfila son pull sur sa peau nue. Elle avait soif et but le champagne au goulot, il en restait peu, et le liquide mit un temps interminable à atteindre ses lèvres, le flacon pesant sur son poignet meurtri. L'homme s'était donné dans un mélange de douceur et de brusquerie qui l'étonnait. Aucun de ces anciens amants ne se comportait comme ça.

M. Prenez-rendez-vous avait raison : elle manquait d'expérience. Le vin était fade et tiède et son esprit revint dare-dare à son idée fixe : une envie de frites et de soda bien frais, vision ineffable qui lui tenait compagnie les jours de ventre vide. Elle récupéra sur la moquette une pièce de son bracelet, donna un coup de pied dans le montant du lit qui en avait vu d'autres, et sa cheville céda sous la brûlure.
La colère la submergea et elle plia vivement les billets, les empocha, puis elle les ressortit, les considéra avec respect, les plia bien comme il faut, les rangea dans son sac à main. « *je n'ai pas plus en liquide sur moi...* »

avait-il dit sans la regarder en fouillant dans la poche de sa veste. Ce fut rapide, il posa l'argent sur le couvre-lit, sourit comme il devait sourire quand il bossait, et sortit de la chambre.

„Deux cents euros, je vaux quand même deux cents euros... Ah oui, mais les talons hauts et la guêpière, ça fait une plus-value... Merci Luce !"
Le visage goguenard de la punkette, moqueur mais bienveillant, lui remit du baume au cœur. Luce qui avait toujours ce qu'il fallait, dans ses armoires. Des trucs qu'elle ne portait jamais, mystérieusement. Une manière de gérer le vestiaire de la comédie sociale, peut-être.
Luce ! Elle ne pourrait même pas l'épater avec le récit de son aventure. Luce en avait vu bien, bien d'autres. Même ce qu'on ne pourrait pas imaginer. Maude en avait l'âme déchirée, quand elle dormait chez son amie et que Luce s'éveillait droite dans le lit, en sueur, après de longs cris en langue slave qui les faisaient se serrer de peur l'une contre l'autre, comme s'ils provenaient de la gorge d'une tierce personne tapie dans l'ombre.

Puis Maude se levait : *„ je vais faire le déjeuner..."* Même à deux heures du matin. Luce faisait oui de la tête, elle ne pouvait pas retrouver tout de suite l'usage de la parole. Sans maquillage, - mais Luce se montrait rarement sans son masque de chair et de nuit -, Luce faisait plus jeune et plus âgée à la fois. Une enfant prématurément vieillie. Ses beaux yeux bleu sombre interrogeaient, lorsque Maude l'avait trouvée une fois coupée en deux sur le tapis. Elle la serra longtemps contre elle. Puis : « *Viens Luce, je t'emmène aux urgences.* » Luce lui avait planté ses ongles dans le bras, comme un chat rétif. Puis d'une étrange voix éraillée. « *Laisse.... Aucun service d'urgences de la planète ne pourrait rien pour moi...* »

Et c'était Maude qui avait éclaté en sanglots.
— Luce, Luce, ne me laisse pas ... je suis toute seule sans toi !
Luce lui bourra les côtes :
— Arrête ton char, tu veux... je ne suis pas encore morte. Aide-moi plutôt à me remettre debout. Ce soir, mes cinquante ans sont lourds à porter..
— Ah! Alors là ! Tu as cinquante ans, réellement ?
Maude la soutenait par la taille, la poussait sur le divan. Luce lui donnait une chiquenaude :
— Mais non ! C'est pour rire !T'as rien entendu OK ?

Maude rejoignit le rez-de-chaussée par l'escalier, le beau Christian était encore là, riant avec le barman. Pour quelqu'un de surbooké, il prenait son temps! Elle glissa silencieusement jusqu'à l'entrée. L'homme ne la vit pas. Leurs mots, leur immédiate entente sensuelle n'avaient donc tissé aucun lien subtil qui les avertirait de leur proche présence respective en un doux message subliminal. Incorrigible romantique, va !

De toute façon, elle ne voulait plus penser. Les frites et le soda formaient seuls une réalité affolante de promesses. Dans la rue, elle ouvrit son sac : les billets étaient là, bien réels. Elle soupira. D'aise. Elle marcha un moment, la tête vide, les gens qu'elle croisait la regardaient. Elle se sentait étrange, une autre, sale, et en même temps, belle, libérée, libre. Elle pourrait recommencer à volonté. C'était somme toute facile, l'homme était content. „*Tu manques de savoir-faire...*" Pff ! Un peu embêtant avec ses questions et ses remarques de connaisseur, mais elle s'y ferait aux questions embêtantes, à la longue."*Mais pourquoi toutes les femmes fauchées ne font-elles pas ça ? Mais peut-être qu'elles le font finalement... Décidément, je débarque toujours de la planète Mars. Pas de Vénus, en tout cas...* "

La colère monta, froide. Avec son corps, elle avait tout de même donné au moins un bout de son âme, précieuse, créative, qui avait aimé tant de gens, grandes personnes et enfants, de doux animaux, de belles choses, mais l'homme n'avait rien à faire de ce merveilleux présent. C'était physiologique, les hommes avaient ce besoin de se vider, il leur fallait une femme. Elle avait été celle-là."*Mais dis donc, tu aurais pu tomber plus mal, avec un détraqué, un fauché...* "

Maude chercha dans ses poches, dans son sac, elle n'en revenait pas." *Il m'a laissé sa carte... Je serai toujours ravi de te revoir ! Dis que tu es mon ostéopathe. Non, mais je rêve... Les vendredis soir, comme aujourd'hui, ce serait bien ... Oh, mais attends ! Je ne suis pas encore à en faire un commerce, juste comme ça, pour dépanner..."Ben tu vois, lui aussi, c'était pour dépanner... Quinze partout..." Sacrée petite voix raisonneuse..."*

La pluie se mit à tomber, elle entra dans un café du cours. Elle chercha de la menue monnaie au fond de son sac, parce qu'elle ne voulait pas entamer ses deux cents euros. Mais elle ne trouva que quelques centimes et commanda un coca et des frites. Il n'y avait pas de frites à cette heure et elle remit à regret un billet au serveur, le suivant des yeux avec inquiétude pendant qu'il allait chercher sa commande et qu'il rapportait la boisson et la monnaie. Son portable hulula, c'était Luce.
— Où tu es ? Je commençais à m'inquiéter ! Ça fait quinze jours que je me ronge les sangs pour une ingrate de ton acabit ! Le téléphone, tu connais ? Tu as consulté ton compte, je t'ai versé cinq cents euros.
« *Cinq cents euros. Il y avait cinq cents euros sur son compte...* »

— Tu ne vas pas m'entretenir tout de même! Je n'ai pas dépensé un rond ! Et même, j'en ai encore plein ! Je n'avais plus de batterie. J'avais des trucs à voir...
Puis confuse :
—Je te demande pardon ... Je ... Je ne vais pas très bien et... Merci infiniment, ma belle Luce...
—Ça va... Tu es où, si je ne suis pas indiscrète ?

—Je suis à Romans, dans la Drôme. J'avais un rendez-vous ... d'affaires.
— Bon, c'est super, parce que je dois descendre sur Valence. Un pote tient un gîte vers Livron : les Bergerets. Vas-y de ma part, et fais mettre sur mon compte. Si tu es d'accord, je te rejoindrai dans les jours qui viennent. Qu'est-ce que tu en dis ? Tu as pu conclure?
— On peut dire ça...
— Tant mieux ! Et qu'est-ce que je fais de ton stock, je le descends ? Tu en as besoin ?

Après tout, pourquoi ne pas rester dans la région ? Rien ne la retenait plus dans le nord. Maude ferait quelques expositions à droite à gauche avec ses chapeaux. Et quelques rendez-vous secrets peut-être...
— D'accord pour se retrouver au gîte de tes amis. Merci Luce ! Mais où es-tu ?
— A Strasbourg, je finis une restauration, j'ai pris un peu mon temps, cette cathédrale, quelle merveille ! Travailler dans l'âme de tous ces maîtres qui ont donné leur vie pour ce chef d'œuvre ! Il faut que je te dise... Mes mains ont recommencé à trembler...
— Si tu modérais ta consommation d'alcool, aussi... Tu as de l'or dans les doigts, pourquoi tu te saccages...
— Merci pour ces paroles de réconfort. Ça te va bien de me faire la morale...
Maude évoqua les beaux yeux de Luce, qui voyaient à travers les murs.

— Excuse-moi, je ne voulais pas dire ça. Pourquoi tu ne reprendrais pas la peinture ? Je te ferai des massages des poignets quand tu seras là, avec de l'huile essentielle de gaulthérie.

Maude entendit le claquement nerveux et argentin du zippo.

— Bon, écoute ma petite. Je ne pourrai être à Avignon que mercredi. En attendant, la piaule n'est pas libre, je te conseille les Bergerets.

— OK, je vais faire ça ! Et rapplique illico.

— Je te bise au front, ma petite. N'en profite pas pour manger n'importe quoi, et achète des préservatifs. Tu as besoin d'autre chose ?

— Merci non. Merci pour tout, ma belle Luce !

— Alors, je te descends tes cartons. Sois prudente !

— Oui, M'man ! Je t'aime très fort ! Prends soin de toi aussi !

— Hummm...

Luce raccrocha. Elle n'aimait pas trop les effusions.

3

L'averse avait cessé. Maude traversa au petit bonheur, aveuglée par les reflets du bitume mouillé. Il y avait foule au marché, sur le terre-plein central du cours. L'idée de retrouver Luce ancrait Maude dans le vie, elle ne se sentait plus seule au monde. La perspective d'Avignon où elles s'étaient rencontrées trois ans plus tôt, lui sembla de bon augure. Elle repensa à cet été étouffant sous le vent du sud : elle, habilleuse dans le festival off, agrafant de la fausse soie sur la peau moite d'héroïnes de Molière fiévreuses de soif et d'espoir ; et Luce, préposée aux décors, ne lâchant rien sur un XVIIIe siècle noir et blanc, s'empoignant au propre et au figuré avec le metteur en scène.

L'euphorie lui donnait envie de rire et de pleurer en repensant à cette saison de tragi-comédie. A ce soir de désespoir où elle remâchait un Justin mieux que nature, mais qui l'avait tout de même plantée là sans une explication, après cinq ans de vie commune, pour une fille de vingt ans, (air archiconnu). Justin et sa Dulcinée pré-pubère étaient partis élever des chèvres en Ardèche.

Maude regagnait les coulisses, aveuglée de larmes inextinguibles. Elle se heurta à une sorte de magma gémissant au détour d'un décor qui représentait un Versailles de catastrophe nucléaire.

Sa jupe noire relevée sur un postérieur magnifique, Luce donnait du plaisir au réalisateur qui apparemment appréciait la créativité de la décoratrice plus qu'il ne le disait publiquement. Maude restait là, le visage noyé, et sans s'interrompre Luce la regardait, la bouche ouverte sur un étrange rire muet.

Maude s'était enfuie dans les petites rues attenantes et assise sur la pierre chaude, attendait elle ne savait quoi. Quand elle releva les yeux, Luce était auprès d'elle et lui tendait une cigarette biscornue dont Maude tira une bouffée dans un sourire tremblant. Luce l'avait alors attirée contre elle dans une étreinte maternelle et elles étaient longtemps restées ainsi, sans parler.

Depuis lors, elles partageaient travaux et locations, au gré de missions ici et là. Luce restaurait des châteaux et des tableaux, créait des décors et peignait. Elle avait une fille invisible, Elisa, qu'elle aimait profondément mais avec qui *il était impossible de s'entendre* pour ce que Luce en disait. « *Evidemment*, pensait Maude, *elles doivent avoir le même caractère.* » Elisa vivait à Paris, chez son père, un type infréquentable : dixit Luce.

Maude créait des robes et des chapeaux. Luce lui ouvrit le monde du théâtre, ce qui lui permit de vivre plus sereinement. Puis Justin revint, repentant et magnifique. Et Luce s'éclipsa.
Mais la Dulcinée de vingt ans fut enceinte et Justin, n'écoutant que son devoir d'honnête homme, s'en alla à

nouveau s'occuper de sa compagne, de son futur rejeton et des chèvres, laissant une Maude moralement « d*ispersée façon puzzle. »,* comme aurait dit Audiard.

Appelée à la rescousse, Luce emporta les morceaux dans sa planque avignonnaise, maison familiale où n'entrait jamais personne. Elle parvint à reconstituer une Maude hagarde, effrayée de tout, qui développa une étrange addiction aux achats compulsifs. Comme elle ne créait plus, son pécule fondit comme neige au soleil. Sans Luce, elle se serait retrouvée sous les ponts.

Si elle dépensait les deux cents euros, le destin lui en donnerait d'autres, dans le fond, ç'avait toujours été comme ça. Mais au dernier moment, elle s'empêcha de retomber dans son travers et fière d'elle, serra son sac sous son bras. Elle était riche. Riche de deux cents euros. Plus les cinq cents euros de Luce. Presque mille euros d'un coup ! Sauvée par la magie de l'amitié ! Elle était sauvée ! Merci ! Merci Luce !

Sauvée aussi par le sexe bien propre d'un type à Rolex qui lors de leurs échanges virtuels, lui disait qu'il l'aimait. La tête lui tournait. Sa cheville céda et Maude se laissa aller au sol, comme si cette chute était inéluctable après sa chute morale, mais sans vouloir lâcher son sac, quand même. Elle le bloqua contre sa poitrine et se laissa tomber, les yeux fermés. Elle entendit vaguement une rumeur. Voilà c'était fini. Une dernière pensée pour ses beaux bas qui seraient troués, dévoilant par plaques sa peau fine mais toute blanche, parce qu'elle n'avait pas eu le temps de s'enduire d'auto-bronzant.

Mais Maude demeura sur ses jambes flageolantes, soutenue par des bras solides.
Un visage bienveillant, encadré d'une blonde chevelure mousseuse. Un peu d'accent nordique.
— Ça va ? Venez vous asseoir un moment... Voulez-vous boire quelque chose ? Manger peut-être?
— Manger...

Maude réalisa qu'elle n'avait rien avalé depuis le matin. Ces types pleins aux as ! Tu penses que ça leur viendrait à l'idée que leur partenaire puisse crever la dalle !
— Oh ... Eh bien, je n'ai pas grand chose, reprit la voix du nord. Une barquette de frites, ça ira ? Ce n'est pas très diététique, mais bon... Je n'ai pas eu le temps de préparer le casse-croûte, ce matin.
— Des frites ... fit Maude, et devant l'air scrutateur de la femme blonde, elle s'empressa d'ajouter qu'elle n'avait pas déjeuné à cause de son travail et que son malaise venait sans doute de là.
— Je vous laisse un moment, reprit la jeune femme. Il y a du monde au stand. Installez-vous là, je reviens. Je m'appelle Marike.
— Moi, c'est Maude.
— Ravie Maude, à tout de suite.

Maude considérait incrédule, l'objet de toutes ses convoitises et porta à ses lèvres, en tremblant, une frite chaude et gonflée. Elle goûta l'huile qui coula sur sa langue et retrouva aussitôt des parfums et des couleurs d'autrefois, la baraque foraine de sa grand mère, diseuse de bonne aventure. Sa mère ne voulait pas qu'elle raconte à l'école que sa grand mère était foraine. Maude adorait sa grand mère mais maman ne voulait pas trop qu'on aille la voir.

Papa n'en disait rien. De toute façon, il passait sa vie au tribunal. « *Papa, cet été, quand vous serez à Vence, je pourrai rester avec Manina ? Je l'aiderai à tenir sa baraque.* » « *Arrange-toi avec ta mère...* »Il la regardait avec bonté et douceur par-dessus *le Monde*. Ils avaient les mêmes iris d'ambre clair.

Mais maman revenait avec du thé vert fumant. « *Pas question ! Tu restes chez ta marraine ! Tu réviseras ton année qui n'a pas été terrible, tu en conviendras !* « *Marraine est une chieuse chronique !* » « *Fais attention ! Tu n'as que quatorze ans et tu vis ici ! Tu fais ce qu'on te dit, OK ?* » Mais Maude prenait le car en grand secret quand Marraine s'absentait pour son travail et rejoignait Manina à la Grande Motte. A l'heure du déjeuner, Manina disait : « *Petite, va chercher de quoi chez Norbert. Tu fais mettre sur mon compte.* » Mais, Manina, j'ai de l'argent!* » « *Ne discute pas, petite!* »

Et Maude rapportait de la baraque à frites, deux belles portions de pommes de terre rissolées, une salade de tomates et un petit pichet de rosé qui fait la fleur, qu'elle partageait avec sa grand mère. Elles conversaient joyeusement. Maude demandait à Manina de lui dire son avenir, mais la cartomancienne s'y refusait :« *Tu n'as pas à savoir. Je te protégerai. Mais fais attention avec les hommes.* » « Qu'est-ce que tu veux dire ? » « *Tu as été fragile, dans une autre vie. Ne te laisse pas faire.* »

Maude demandait plus d'explications, mais on frappait à la roulotte, et Manina murmurait : « *Chut ! La femme du notaire. C'est son heure ... Ne fais pas de bruit...* »

Quelques années plus tard, lorsque Maude avait annoncé qu'elle abandonnait ses études de droit pour faire la costumière, les liens avec sa famille s'était délités. Pas de cris, pas de règlements de compte. Quelques phrases lapidaires, c'est tout. Maman : « *Après tout, fais comme tu veux, mais tu ne viendras pas te plaindre !* »Non, elle ne s'était jamais plainte. Même lorsqu'elle avait avorté. Enceinte d'un copain de son père... Avocat de renom. Elle s'était débrouillée toute seule.

« *Bon, ça suffit pour les Misérables...* » Maude se leva et rejoignit Marike sur le stand de poterie. Pièces de forme et statuettes trouvaient facilement preneurs.

—Ça va mieux ? Vous ne mangez pas ?
—Merci, vraiment ! C'est vous qui créez ces objets, Marike ?
—Oui. Enfin pour une part. Je présente aussi le travail de mon amie Hortense, qui partage mon atelier au village des Potiers à Cliousclat. Vous connaissez ?
—Non... Enfin, je n'y suis jamais allée.
Marike fut reprise par sa clientèle et Maude admira les jolies statuettes vernissées. L'une d'elle représentait une femme à longues jambes, bottées, en jupe courte, et nantie d'une abondante chevelure noire, avec de petites lunettes sur le bout de son nez. „*Luce*..."

— Combien celle-ci ?
— Cinquante, mais je la laisse à quarante.
—Je la prends.
—Ne te crois pas obligée d'acheter quelque chose, dit Marike.
—Non, ça me fait plaisir. On dirait mon amie Luce.
—Je vais remballer, le marché tire à sa fin.
—Je vais t'aider si tu veux, je n'ai plus rien de prévu pour la journée.
—Qu'est-ce que tu fais dans la vie ?
—Je suis costumière et modiste.
—Tu es de Romans ?
—Non, je viens de Besançon. Mais avant, enfin, je veux dire quand j'étais jeune, j'habitais dans le sud.
—Moi, je suis belge. Je suis venue en vacances dans cette belle région il y a vingt ans, et j'y suis restée. Je m'y suis même mariée ! Et j'y ai aussi divorcé !

Maintenant, je partage la maison avec mon fils Hector, et mon amie Hortense. Beaucoup de personnes pensent qu'on vit ensemble, mais on est seulement amies.
— Comme moi avec Luce... Tu as plusieurs enfants ?
—Un fils de seize ans, Hector. Un peu paumé dans ce monde féminin. Et toi ?
—Non... Pas d'enfant.
Maude demeura pensive, les yeux dans le vague.

—Si tu veux, Maude, je te conduis quelque part.
—Oh ... Je dois reprendre ma voiture vers le Jacquemart. Luce m'a indiqué un gîte pas loin de Livron, les Bergerets. Tu connais ?
— Si je connais ! On leur a créé tous leurs services de table ! Mais il se peut qu'ils soient complets. L'été indien est magnifique par ici ! Beaucoup profitent de la rentrée pour descendre dans le sud. Mais si tu le souhaites, tu peux venir à la maison ! Tu prends Valence, Livron. Tu tournes vers Mirmande, Cliousclat. Tu demandes la Poterie des Espérides, dans le haut de la ville. Tu peux rester le temps que tu veux, tu sais ! Tu es la bienvenue ! Et puis, tu nous montreras tes chapeaux ! Tu peux même les exposer à la boutique!
— Marike, tu es un amour ! Je te remercie vraiment de ton offre et je viendrai te voir dans les jours prochains, mais je vais quand même essayer les Bergerets.
— Veux-tu que je les prévienne de ton arrivée ?
— Non... Tu es gentille, mais j'ai encore une course à faire...

Maude tenta de rejoindre la nationale 7 mais elle se perdit. La nuit tombait. En fait, son idée était de traverser le Rhône et de se rendre en Ardèche. Elle voulait voir une dernière fois la maison de Justin. A cette heure-là, elle aurait peut-être la possibilité de le voir rentrer chez lui, avec femme et enfant.

« Qu'est-ce que ça va t'apporter de les fliquer... Je veux voir si c'est vrai. Si réellement il est heureux. S'il ne m'a pas raconté d'histoire. C'est légitime, non ? »

Maude comprenait que le but de son équipée, c'était ça : venir constater le bonheur de Justin, la maison de Justin et sa petite famille.
Lorsqu'elle parvint dans le village de Sarras, elle trouva facilement la ferme restaurée de son ancien compagnon, en bord de nationale. Elle avait cherché sur internet. Mais lorsqu'elle arriva devant le portail, tout semblait fermé, et la barrière portait une pancarte : *« à vendre »*

Elle avait tout prévu, sauf cela. Elle avait imaginé frapper à la porte, partager un verre sur la table de la cuisine et même, verser des larmes de victime sous les regards du traître et de sa compagne. Peut-être que le bambin se mettrait à l'unisson de l'ambiance plombée, pousserait des cris.
Elle se lèverait et partirait alors, son ego serait content d'avoir semé la zizanie dans la petite vie douillette de Justin, en même temps, elle se sentirait bête et sale, et seule, comme toujours.

« *Pourquoi s'entêter à aimer des gens qui ne veulent pas de nous... Que de temps et d'énergie perdus... Pourquoi l'amour-propre, -pas si propre que ça somme toute -, ne veut-il rien entendre... Oh ! Et puis j'en ai marre de souffrir pour quelqu'un qui s'en fout ! Mais enfin, ma pauvre Maude ! Comprends donc que ce type ne voulait plus de toi...* »

Et qui sait s'il n'avait jamais partagé une once de l'amour qu'elle lui portait. En fait, il était comme tous les autres : Justin en voulait juste à son corps. C'est elle, Maude, qui s'était monté le bourrichon... Finalement, elle n'était pas de celles à qui on donne son nom. Les hommes lui disaient qu'ils l'aimaient... et faisaient leur vie avec d'autres...
Elle se regarda longuement dans les vitres de la voiture, jugea sévèrement ses boucles fauves, son air de gitane révoltée. « *Ben voyons, je n'ai pas l'air assez respectable pour qu'on m'épouse...* »

Elle resta un bon moment debout près du véhicule, à attendre encore elle ne savait quoi, espérant peut-être que des lumières finiraient par percer la nuit, un chien aboierait, la porte s'ouvrirait. Mais non, tout était silencieux et désert. La mort dans l'âme, elle remonta en voiture, se sentant tomber un peu plus bas.
« *Et puis, qu'est-ce que j'en ai à faire qu'on m'épouse ou pas ... Quelle idée d'être venue là... Qu'est-ce que tu vas faire maintenant, ma pauvre fille... Bon, je vais aller attendre Luce aux Bergerets...* »

Il lui sembla qu'elle tournait en rond et traversa des villages déserts qui ne la renseignaient pas sur sa position. Finalement, elle déboucha sur la Nationale 7, mais beaucoup plus au nord, et s'arrêta à la sortie du Creux de la Thine, sur l'aire d'une station-service désaffectée.

« Flûte, je suis carrément repartie dans l'autre sens. Pfff... Ça ne me vaut rien, les rendez-vous galants... »

Elle termina les frites froides, but du soda et alluma une cigarette. Elle fit quelques pas, et découvrit dans un coin du parking, un container destiné à recevoir les vêtements usagés. Avec une surprise émerveillée, elle vit un flot de mousseline pailleté qui s'en échappait. Elle tira sur l'étoffe : c'était une superbe robe du soir, dont un pan demeurait coincé parmi les frusques en vrac. *« Ça ferait un chapeau magnifique, bien empesé... Je ne vais pas laisser cette merveille se détériorer aux intempéries... Apparemment, ça n'intéresse personne... »*

Maude aperçut une caisse en bois devant le local. Elle alla la chercher, grimpa dessus et se pencha pour mieux extirper la robe. C'est alors que ses clés, glissés dans la poche de son blouson, tombèrent dans le container. *« Merde ! Ça n'arrive qu'à moi, ce genre de truc ! Je n'ai pas de double des clés, et pas de lampe de poche... je ne peux pourtant pas passer la nuit là. Bon, je vais crocheter la porte. Je dois bien avoir un tournevis. Et il faudrait peut-être voir à ne pas trop* traîner par là... Si je raconte ça à Luce, elle m'étrangle ! »

La circulation se faisait plus fluide. Il ne devait pas être loin de neuf heures. « *Quelle journée...* »
Avec un tournevis et une pince trouvés dans la voiture, Maude entreprit d'ouvrir le cadenas, d'écarter la porte de son montant, de faire sauter les taquets. Mais rien n'y fit.

A ce moment, une voiture venant de la nationale tourna sur le parking et passa devant elle sans ralentir, avant de s'enfoncer dans la nuit.
—Madame, ne restez pas ici ! cria une voix d'homme depuis l'habitacle. C'est dangereux !

Maude se rencogna derrière le container, attendit que la voiture s'éloigne par un chemin qu'elle n'avait pas vu jusqu'à alors, qui prenait dans les terres entre les arbres fruitiers qui happèrent bientôt le faisceau des phares. Tout redevint calme. Il n'y avait plus que le vent dans les arbres, des feuilles qui couraient sur la route. Le moteur de la voiture s'éloignait, s'éteignit.
« *Mon Dieu ! Mon Dieu ! Il a dit que c'était dangereux ! Que vais-je faire ! Pourquoi n'ai-je pas arrêté cette voiture ! Mais aussi, elle roulait si vite !* »

Maude s'assit sur la caisse, désabusée, épuisée. Alors, les phares d'un fourgon l'éclairèrent en plein. Elle se leva d'un coup, effrayée de son inconséquence. Elle courut à la voiture et enclencha la fermeture de la

portière, assura le cric dans sa main. Le fourgon vint se garer à sa hauteur, et un homme jeune en descendit. Il alluma une cigarette et s'approcha. Il toqua à la vitre :
— Ce n'est pas un endroit pour se garer à la nuit tombée. A moins que vous ayez de bonnes raisons pour ça...

Sans les clés, elle ne pouvait manœuvrer la vitre entr'ouverte, et le cœur battant, elle haussa la voix.
— Ce n'est pas ce que vous croyez ! Je ne fais pas le tapin ! Barrez-vous !
—Ça va ! Ne vous fâchez pas ! De toute façon, je ne suis pas intéressé. J'ai du boulot. Il m'a semblé que vous aviez un problème, que vous cherchiez quelque chose. C'est pour ça que je me permets de vous parler...
Maude hésita, considérant le jeune homme. Et puis, avait-elle le choix ?

—Je me suis arrêtée un moment avant de rejoindre un gîte où je suis attendue. Je suis styliste, j'ai vu une jolie étoffe dépasser du container qui est là-bas, et en me penchant j'ai... j'ai laissé tomber mes clés à l'intérieur.
—Ah... Eh bien, on va les récupérer... Pas de souci...

Il alla à son fourgon, prit une lampe, fourragea dans une sacoche et revint avec un énorme trousseau de clés.
—On va essayer avec ça. Sinon, on fera sauter les charnières.
—C'est... C'est illégal...
—Si vous préférez appeler la police...

—Non, non ... je disais ça bêtement... Je vous remercie beaucoup !

Maude le suivit à distance respectable.
—Approchez et tenez la lampe ! Ordonna-t-il.
Il entreprit d'essayer les clés tandis que Maude surveillait la route, tout en éclairant les opérations. Les voitures se faisaient de plus en plus rares, et la nuit épaississait. Maude resserra frileusement son blouson.
Dix minutes ne s'étaient pas écoulées que le cadenas cédait. Maude battit des mains. La porte s'ouvrit et les clés tombèrent sur le sol. L'homme dégagea la robe pailletée et la remit à la jeune femme.
—Si autre chose vous plaît, profitez-en !
Elle sourit.
—Je vais laisser quelques sous en échange. Et tenez, voilà pour vous !
—Merci, gardez-les pour vos bonnes œuvres !
Il porta deux doigts à sa casquette et se dirigea vers son fourgon.

—Heu... Excusez-moi ! Vous êtes du coin ? Je n'ai pas de GPS...
—Non... Mais je connais assez bien. Vous cherchez quelque chose de précis ?
—Le gîte des Bergerets, après Livron.
—Le patron est une de mes connaissances ! C'est là que vous vous rendez ?
—Oui. Je dois y rejoindre une amie.
—Je peux vous y conduire, si vous voulez. Mais...

Il hésita, jeta un vif coup d'œil à Maude qui eut un tressaillement d'inquiétude.
—Je vais l'appeler, si vous voulez, pour annoncer que nous arrivons. Je vous montrerai le numéro, si ça peut vous rassurer. Je ne suis pas un satyre.
—Non, non ! Loin de moi cette idée !
—Seulement, il y a que je dois faire une livraison à Valence, avant onze heures. Si vous êtes d'accord, vous me suivez, vous m'attendrez sur un parking un peu plus loin et ensuite, je vous emmène aux Bergerets. D'ailleurs, ce n'était pas prévu, mais je vais avertir Christophe, qu'il nous garde des chambres.

—Vous êtes en vacances ?
—On peut dire ça. J'ai décidé de prendre quelques jours pour... pour réfléchir à ma vie, ajouta-t-il, étonné de se confier à une inconnue.
—C'est comme moi, fit-elle étourdiment.
—Ça serait bien que vous me suiviez. A la sortie de Loriol, je me rends dans la zone commerciale. Je déballe derrière le Pridou Discount. Vous m'attendrez un peu plus loin, sur le parking du Leclerc Auto. Ensuite, en route pour les Bergerets.

Ils prirent la direction de Valence, et dédoublée, Maude lisait et relisait l'inscription du fourgon formée de lettres stylisées : « *Emile Cachaud Transports* ».

« *Il faut que je dise à ce gars de démissionner. Cachaud... Brrr... Ça donne le frisson...* »

4

Un beau gravier bleu crissait sous les roues. Des arbrisseaux d'automne tendaient de minuscules flammes d'or clair, formant une haie au long de l'escalier qui menait à une orangerie promenoir ; ce prolongement de verre ne parvenait pas à enlaidir la bâtisse : majestueuse, mais de bon goût, humaine finalement, quoique d'un siècle lointain. Derrière les vitres, des blouses bleues et roses passaient et repassaient, mariées à des formes plus lentes, courbées. Au bas de l'escalier, un jardinier en long tablier vert s'occupait à cliqueter tout en souplesse autour des rosiers bourgeonnants, pour faire moins vieux que les résidents, peut-être.

La grande femme prit les fleurs et les petits fours sur la banquette arrière, se ravisa et reposa les friandises. Les personnes âgées ont toutes des régimes et puis, pas la peine de créer des conflits entre pensionnaires plus ou moins gâtées.
—Comment je vais la reconnaître. Il en de bonnes... Récupérer les lettres...C'est la dernière fois que j'accepte son pognon. Il se débrouillera dorénavant. Je prends toutes mes économies et je disparais.
Elle froissa les billets dans la poche de son manteau. Il y avait bien quelqu'un qui s'en occupait de cette vieille femme... Qui payait ? Tout de même … pour une

indigente, l'endroit était d'un chic ! Celui qui l'avait contactée, peut-être.

C'était jour de visites, et il y avait beaucoup de monde dans le grand hall, et encore plus dans l'ancienne orangerie où les pensionnaires recevaient leurs proches autour de petites tables juponnées : un air de salon de thé suisse, mais les visages vieillis s'évadaient souvent du brouhaha, rêveurs, contrastant avec les sourires de commande des visiteurs.

La grande femme demanda Mme Marion Lasparède et l'employée la dévisagea, incrédule. D'un même mouvement, elles se tournèrent vers l'extrémité de la galerie, d'où montaient de vagues cris et des exhortations. Subodorant des ennuis, la grande femme secoua la tête :
—En fait, je viens pour ma cousine, Mme Lenoir, mais on m'a dit qu'elle venait d'entrer en clinique (*elle avait entendu ce propos en passant devant la standardiste en conversation téléphonique*), et comme Mme Lasparède est de ses amies, j'ai pensé ... Elle montrait le bouquet de fleurs, dans son emballage de supermarché. L'employée haussa les épaules :
—Allez-y si vous voulez, mais Mme Lasparède est très agitée aujourd'hui, comme beaucoup de nos pensionnaires, ce doit être la nouvelle lune !

Il y avait un vase sur une desserte. La grande femme y déposa les fleurs et remonta discrètement la galerie encombrée. De loin, elle vit deux infirmiers qui exhortaient une femme à s'allonger sur un brancard, mais d'où elle se trouvait, elle ne distinguait pas les traits de la vieille dame.

—Puisque je vous dis que je peux très bien marcher ! D'accord, d'accord, je vous suis : Mais d'abord, il faut que je fasse pipi. Et puis, j'ai froid, il faut que je prenne mon paletot...
—Roméo, accompagne madame aux toilettes !
L'infirmier donnant le bras à la pensionnaire, la conduisit jusqu'à sa chambre. Comme le duo lui tournait le dos, la grande femme ne put reconnaître Mme Lasparède. La visiteuse poursuivit son chemin, avant de s'arrêter au bout du couloir et de se coller contre le mur.

La résidente ressortit bientôt de la chambre, ensachée dans un invraisemblable imperméable kaki qui battait ses jambes fines. L'infirmier lui reprit le bras et elle se dégagea maladroitement :
—Lâchez-moi, on n'est pas en prison tout de même! Vous voulez m'accompagner aussi jusqu'au petit coin ?

Ils se rendirent aux toilettes, et la grande femme entra derrière eux, s'enferma dans une des cabines et attendit. La porte battit. Une discussion s'engagea entre l'infirmier et un autre homme. Elle comprit mal parce qu'il y eut un bruit de chasse d'eau. Mais elle en perçut tout de même quelques bribes :

« *Laissez-la. Inutile. Ils n'ont plus de place à la clinique des Pins, de toute façon.* »
« *… A l'air bien calme … Sale carafon… Enfin pas pire que d'habitude. Par ailleurs, d'ici la fin du mois, nous ne pourrons sans doute plus la garder…*»

Puis le dernier arrivé éleva la voix :
— Mme Lasparède, finalement, vous pourrez regagner votre appartement. Mais tentez à l'avenir d'être un peu moins …
—Subversive ? énonça la voix de la vieille dame.
— Heu … Enfin, oui, si vous voulez … A votre âge !
— Ah ! Fichez-moi la paix avec mon âge ! Vous l'aurez aussi et plus vite que vous l'escomptez, croyez-moi jeune homme !
—Jeune homme … ronfla l'autre. J'ai soixante ans ! Vivement la retraite !
Puis l'infirmier soupira :
—Vous en avez bientôt fini, Mme Lasparède ?
—Oui, oui … Vous pouvez me laisser maintenant ! Je ne vais pas m'envoler … Et je ne suis pas sous surveillance, que je sache !

L'employé émit un grognement et sortit. Il y eut un silence et la porte de la cabine où se trouvait la vieille dame s'ouvrit prudemment. Un petit pas trottinant, puis l'eau dans le lavabo et une voix magnifique s'éleva, chantant *La Petite Fugue* de Catherine Le forestier. Puis Mme Lasparède dit : « *Allons !* …» suivi d'un long soupir. La porte du couloir, entrouverte un moment sur le ronronnement des voix et les sonneries des téléphones, se referma sur le silence.

La grande femme sortit prudemment, jeta un regard alentour et se dirigea vers la chambre de Mme Lasparède. Elle tira un passe-partout de sa poche et n'eut aucun mal à déverrouiller la porte. Il faut dire qu'elle était à bonne école avec cette bande de canailles.
De toute façon, oui, elle allait prendre ses distances. Ça commençait à sentir mauvais depuis l'arrivée d'*Apollo*. C'était ainsi qu'il se faisait appeler. Le boss en avait quasiment le béguin depuis qu'il avait pu relever le défi imposé à toute la bande pour prétendre au titre de bras droit du chef.

Il faut dire qu' Apollo connaissait beaucoup de monde. C'était lui qui était parvenu finalement à retracer l'expéditrice des lettres. Une vieille fille un peu gaga, postière au village et qui ne savait rien refuser à un neveu à qui elle racontait sa vie et filait de la tune, quand elle avait vidé un flacon de vin doux. Le neveu était comme sa tata, porté sur la bouteille et bavard moyennant finance.

La grande femme s'était aussi entichée d'Apollo. Sans doute parce que c'était un beau parleur. Bon amant aussi, quand il voulait.

Elle referma bien vite derrière elle et demeura immobile, explorant la pièce du regard. Le lit était fait, rien ne traînait. Elle inventoria l'armoire qui ne contenait presque rien. Deux robes un peu fanées, des sous-vêtements, des pulls, des bonnets, un vestiaire un peu suranné.

Des livres. Sur le rayon du haut, deux paires de chaussures. En haut, une boîte en carton et deux chemises contenant des papiers. Elle déposa le tout sur le lit, l'oreille tendue vers les bruits du couloir. Tout était calme. Elle inventoria le contenu de la boîte. Des relevés bancaires, des dossiers de sécurité sociale, mais rien de ce qu'elle cherchait. Idem pour les chemises.

« C'est curieux... je ne trouve pas ses papiers. Elle doit les avoir dans son sac à main... Et pas de lettres... Pfff... Ah ! Peut-être entre les pages des livres... »
Mais elle ne trouva rien là non plus. Comme dans les films, elle chercha sous le lit, sous le matelas, derrière les sous-verre en décor mural. Rien...

« A moins qu'elle ne les ait jetées, par prudence... Pourtant, selon le neveu de la postière, elles existent bel et bien. Il les a vues ! Peut-être que cette Mme je-ne-sais-plus-comment ne les pas reçues. Le dirlo de la taule a l'air plutôt intrusif : si ça se trouve, il ouvre le courrier des mamies... Bon, moi de toute façon, je me casse... Le boss commence à radoter avec son troupeau d'alcooliques... Si ça ne leur plaît pas, qu'ils se bougent eux-mêmes ! Pour la misère qu'ils me refilent... D'ailleurs, Apollo m'a dit que si tout allait bien, dans

quelques jours, on se casse au Mexique. Mais avec lui, on ne sait jamais s'il est sérieux ou pas... »

Elle tira prudemment la porte de la chambre, rectifia sa coiffure bien laquée dans un miroir, quitta sur la pointe des pieds le couloir menant aux appartements des résidents et sans rencontrer âme qui vive, se retrouva dans la galerie où les pensionnaires goûtaient.

Elle chercha la silhouette de Mme Lasparède mais sans résultat et gagna l'entrée, traversa l'esplanade de gravier et rejoignit sa voiture. Elle tira les billets en boule dans sa poche et les mit dans la boîte à gants. Elle demeura un moment les mains sur le volant, puis haussa les épaules et démarra :

« *Et zut, je ne vais pas me mettre à martyriser les petites vieilles. Greg n'a qu'à s'en occuper lui-même. Et puis, je ne suis pas sûre qu'il ait raison de déterrer ces vieilles histoires ; il devrait tirer un trait sur le passé et faire son deuil du fric... Ce n'est pas la mamie qui va partir en guerre...* »

Depuis la fenêtre de la bibliothèque, Marion Lasparède qui regardait les visiteurs quitter la résidence, regretta que ses lunettes ne fussent pas plus performantes. Son attention était attirée par une grande femme en tailleur sombre, démodé, si l'on en croyait les journaux du salon. Cette coiffure laquée, ces lunettes noires… Une sorte d'espionne de pacotille !

Marion se reprocha son jugement sévère, mais les romans policiers lui fournissaient la distraction qu'elle ne pouvait trouver au-dehors. Les infirmières, toutes blondes, de l'établissement, devenaient des espionnes russes. Le directeur était un agent des services secrets irlandais. Les aides-soignants, quoique serviables et débonnaires, s'évadaient parfois avec Jack Nicholson, pour un « *vol au-dessus d'un nid de coucous.* »

« *Qu'est-ce que vous en pensez de cette femme, Seigneur ?* »
Il se tenait là, dans son vêtement noir, élégant, ma foi, ses longs cheveux retenus en catogan.
« *Je ne voudrais pas être langue de vipère, mais ma foi, cette dame est bien ...commune... Hum... Mais dangereuse, possiblement. Qui donc est-elle venue voir ?* »

« *Vous allez me le dire ! Et vous avez entendu ça, mon Dieu ? ... d'ici la fin du mois, nous ne pourrons sans doute plus la garder...* » Je sais bien que c'était à prévoir, mais tout de même, ils ne prennent pas de gants. Bah... Je trouverai bien asile quelque part, sinon, je ferai la route, jusqu'à ce que je tombe. Accompagnerez-vous votre humble fille, Seigneur ?

« *Oui, Marion. Ne vous inquiétez pas...* »

La porte s'ouvrit sur l'aide-soignante :

—Ah ! Vous êtes là, Mme Lasparède ? Avec qui parliez-vous ? Finalement, vous ne partez plus. Puisque c'est ça, pourquoi ne pas venir goûter avec nous ? Vous avez eu votre visite ?
—- Une visite ?
—Oui, une cousine de Mme Lenoir. Comme elle est absente, cette personne a demandé à vous voir, comme vous êtes de ses amies …

Marion Lasparède regardait songeuse, la voiture verte au volant de laquelle la femme brune en tailleur franchissait le portail des Hortensias.
—Ah …Oui, dit Marion sans se retourner. Mais elle n'est pas restée très longtemps, elle devait rentrer sur Lyon.
—Bah … on a tous nos obligations, n'est-ce pas ?
L'employée referma la porte et le silence retomba sur la bibliothèque.

—Seigneur, cette femme en avait peut-être après moi... Peut-être qu'elle sait quelque chose sur Landry... Peut-être aurais-je dû courir après elle... Ah ! Mon Dieu !

Son cœur se mit à battre de manière désordonnée, et elle dut s'asseoir.
« *Où êtes-vous Seigneur... Il est parti, lui aussi...* »

Des yeux, Marion fit le tour de la bibliothèque.
« *J'ai tout lu ! Même plusieurs fois … Allons, il est temps … * »

Elle vérifia que tout était bien rangé dans la poche intérieure zippée, dans la sacoche de cuir en bandoulière sous le trench : le plastique avec du rechange et la brosse à dents, une savonnette à la rose, l'argent liquide, le portefeuille et les papiers, les menus objets de Landry demeurés serrés dans leur boîte, sa photo qui ne quittait pas son cœur, le minuscule ours en peluche, un chapeau pliant pour la pluie.

Et les lettres de l'inconnue qui relayait les précieux mots de Landry. Les nouvelles inespérées, compagnes des dernières semaines, qui avaient provoqué, préparé sa décision. Incompréhensibles et étranges missives, mais qui sonnaient comme une invite à un rendez-vous.

« Seigneur, aidez-moi. Pourquoi ne me dites-vous pas de qui provient ce message... »
Marion demeura immobile, attendant. Mais son interlocuteur invisible semblait occupé ailleurs.

Elle inventoria dans la poche gauche, des mouchoirs en papier, le peigne dans son étui, le rouge à lèvres qu'elle n'utilisait plus depuis longtemps, mais enfin... Dans la droite, le porte-monnaie, avec la carte du téléphone.

« Est-ce qu'on trouve seulement encore des cabines... Pourquoi cette personne n'a-t-elle pas mentionné son numéro ? J'aurais pu l'appeler... Pourquoi, Landry, le chemin jusqu'à toi est-il si compliqué ? »

5

« Allons ... »

Marion prit une longue inspiration, ouvrit résolument la porte de la bibliothèque et se dirigea vers la galerie. Le bourdonnement des conversations s'amplifiait à chacun de ses pas. Elle aurait pu passer par les communs. Mais les romans policiers préconisaient qu'il ne faut jamais faire ça : le plus sûr moyen de tomber sur un curieux étonné de vous trouver là. Elle afficha un sourire affable et se faufila entre les groupes de visiteurs dont beaucoup prenaient déjà congé.

« Le meilleur moment ... »

Une famille se dirigeait vers la sortie et elle leur emboîta le pas. Ainsi, elle se trouva vers le portail plus aisément qu'elle ne l'avait imaginé. Il y avait plusieurs semaines qu'elle n'avait pas dépassé les limites de la cour et les voitures sur l'asphalte, leurs roues chuintantes rejetant l'eau de pluie, la surprirent comme une musique nouvelle et agressive, mais pleine d'espoir, lui sembla-t-il.

La nuit tomberait bientôt. Qu'allait-elle faire ? N'aurait-elle pas dû attendre le matin ? Elle pensa à la soupe un peu fade mais chaude, à son lit qui se passerait d'elle, ce soir. Elle eut aussi une petite frayeur. Elle secoua ses cheveux.

« Mais enfin, tu ne t'échappes pas de prison. Et puis, ça les arrangera bien, puisque je n'ai plus de quoi payer ! Vais-je à droite ? Ou à gauche ? Oh ! Et puis, quelle importance ... J'espère que cette sossotte de Mme Longevert saura sa leçon ... Pfff... »

Partagée entre l'excitation de l'inconnu, qui la renvoyait aux veilles de voyages anciens et l'inquiétude de l'avenir, elle se tourna vers le Seigneur qui lui commanda de ne pas rester immobile sous la pluie, si elle ne voulait pas attraper froid.

Marion marcha longtemps, soûlée par ces carrosseries et ces pétarades qui la frôlaient. Elle avait un léger vertige et le ventre douloureux, comme creusé. Elle ressentait la fatigue plus tôt que prévu, malgré qu'elle se fut entraînée à de grands tours du parc de la maison de retraite, pour jauger sa résistance.

Comme elle traversait l'esplanade d'un poste à essence qui faisait restaurant, d'où s'exhalaient de puissants relents de friture, elle s'avisa qu'elle avait faim. D'étonnement, elle stoppa net, et une voiture qui voulait se garer la klaxonna. Elle jeta un léger cri et courant presque, se rangea sous l'auvent qu'un coulis froid malmenait.

Voilà qu'à peine « évadée » des Hortensias, Marion sentait s'éveiller la peur et la lourdeur de ses jambes qui ne la portaient qu'à pas mesurés depuis .. quand ? Elle vit que sa montre s'était arrêtée et réalisant qu'elle perdait tout repère, elle eut envie de pleurer.
 « En voilà, une aventurière de pacotille ... Va donc te restaurer, grande sotte ! Tu ne vois donc pas que tu as faim ? »

Happée par l'odeur impérieuse de la nourriture, elle allait pousser la porte, lorsqu'elle s'avisa de ce que le restaurant n'avait rien de *comme il faut* . Un routier, en fait. Un restaurant d'hommes.

« Oh ! Maintenant, je suis vieille, je peux bien y entrer. Ah moins qu'ils refusent les vieux et les chiens ... Qu'en pensez-vous, Seigneur ? Et ... Croyez-vous que je pourrais commander des frites ? Et je n'en aurai pas pour longtemps. Ensuite, je me sentirai plus forte pour traverser la zone commerciale. J'espère que Mme longevert se souviendra de tout ! C'est embêtant, quand il faut faire confiance aux autres ... Qu'est-ce que je fais, Seigneur, pour les frites ?... Bah ... Ce n'est pas le plus cher et tant pis pour le cholestérol ... »

Réconfortée, Marion entra, et se trouva face à une salle comble où le brouhaha était aussi dense que dans la galerie des Hortensias, mais forçant dans les graves, avec ... quoi d'autre ? Ah oui ! des rires ...

Quelques dîneurs levèrent le nez de leur assiette, mais une jeune femme blonde s'approcha :
— Vous cherchez quelqu'un, madame ?
— Heu ... non ... C'était pour manger quelque chose ...
La jeune femme lui sourit :
— Venez ... Tout est plein, mais je vais vous mettre à la table de Charles-Henri.
— Oh, je ne souhaiterais pas déranger ce monsieur ...
— Y a pas de souci. Charles-Henri est un gentleman !
— En ce cas ... Vous êtes bien aimable, mademoiselle.
— Je m'appelle Aurélia
— Oh ! Quel joli prénom romantique !
— Oh... merci ... glissa la jeune femme.

Marion s'installa face à un jeune homme qui lisait, avec en bouche, une pipe éteinte. Il tenait son livre à l'envers. Marion dédia un souriant bonsoir à son vis-à-vis et s'absorba dans l'observation passionnante de ce qui l'entourait. Voilà qui changeait des silences mortifères de la salle à manger des hortensias. Et puis là, au moins, il y avait du vin sur les tables ! Lorsque Aurélia passa près d'elle, Marion leva un doigt timide :
—Je crois que je prendrais bien un peu de vin ? C'est combien, mademoiselle, pour un petit pichet ?
—C'est pour moi, dit Charles-Henri.
—Oh ! Monsieur, je ne saurais accepter !
—C'est pour moi, répéta le jeune homme.

Aurélia apporta la boisson, et Charles-Henri les servit très cérémonieusement.

—A votre santé, monsieur, c'est vraiment bien aimable !
—C'est bien normal, entre évadés !
Marion faillit s'étrangler.
—Que voulez-vous dire ?
Le jeune homme haussa les épaules.
—Nous cherchons tous à échapper à une réalité que nous avons créée de toutes pièces par nos pensées, ne croyez-vous pas ?
— Je ne sais pas ... Ce que vous dites n'est guère rassurant.
— Et pourtant... Mais buvez donc, vous verrez que cette réalité qui nous inquiète tant ne demande qu'à céder devant notre détermination, et nos libations. A notre nouvelle vie !

Il hocha la tête et vida son verre de rosé. Aurélia apportait deux assiettes de paella odorante, les déposait devant les convives.
— Je vous ai mis aussi des frites pour deux, annonça la jeune serveuse.
—Oh ! La ! La ! Ça sent drôlement bon ! Il y a même des crevettes comme je n'en ai pas mangé depuis des lustres ! S'extasiait Marion.
—Marcel est un artiste. Attendez de goûter sa mousse au chocolat !
Charles-Henri désignait un gigantesque biker à la barbe poivre et sel, occupé à essuyer placidement des verres derrière le comptoir, sans cependant perdre de vue tout ce qui se passait dans la salle.

La chaleur du vin, la conversation de son sympathique voisin, et le brouhaha de l'auberge firent que Marion perdit la notion de temps et se laissa doucement aller à la dégustation du contenu de son assiette. Pour rien au monde, elle ne serait revenue en arrière, occultant le problème à venir du gîte pour la nuit. De temps à autre, elle croisait le regard bienveillant de Charles-Henri.
—C'est un régal...Moi qui pensais ne plus avoir d'appétit !
—On ne mange donc pas bien aux Hortensias ?

Marion qui décortiquait une crevette, s'arrêta net :
—Ça se voit donc tant que cela, que je viens des Hortensias ?
—Ne vous inquiétez pas, sourit Charles-Henri, pour un œil distrait, non, mais pour Charles-Henri de la Chane, dit Charly, détective privé à ses heures, c'est un jeu d'enfant que de repérer les pensionnaires de ce lieu charmant. Il en passe quelques-uns de temps à autre par ici, mais... on ne retrouve jamais leur corps... ajouta-t-il lugubrement.

Marion, qui le considérait la bouche ouverte et l'œil arrondi, prit le parti de rire et Charles-Henri l'imita.
—Ainsi, vous êtes détective privé ?
—Si on veut... A titre bénévole, s'entend. J'ai beaucoup de temps pour observer.

—Ah !... Et sinon, que faites-vous dans la vie ?
—Comme vous, madame...

—Lasparède. Marion Lasparède.
—Comme vous, madame Lasparède, je prépare mon évasion...
—Mais....
—Laissez, je suis de votre côté. Mais je ne vois pas votre bagage.
—A mon âge, il est mince. Et je ne vois pas le vôtre...
—Tout est là, dit-il en désignant un sac à dos suspendu au dossier de sa chaise. Le plus important est fait :mes hérauts, chevauchant leurs montures poudreuses prendront bientôt le chemin vibratoire des ondes, afin de dépêcher les missives adéquates à leurs destinataires.

Après un regard vers le patron qui le front soucieux, scrutait la nuit se découpant dans la devanture, Charles-Henri se leva à demi et écouta en contrepoint des conversations, le vrombissement de motos qui approchaient à toute vitesse, pour stopper devant l'établissement. Il prit le poignet de Marion.
—La charge des tuniques noires ... Bagarre générale et clap de fin.
—Que dites-vous ?
—Lorsque je vous ferai signe, vous me suivrez dans les cuisines. Nous devrons fuir ...
—Mais ...

La porte céda sous la poussée d'un homme en cuir, suivi de deux autres, vêtus de la même panoplie. Le premier fit le tour de la salle du regard et ses lunettes noires s'arrêtèrent sur la mince silhouette d'Aurélia, qui poursuivait son service sans apparemment se soucier des arrivants.

De la même démarche que celle des cow-boys d'un saloon, les trois hommes gagnèrent une table près de la vitre, en habitués. Celui qui paraissait le chef claqua des doigts en direction de la jeune femme, et cette dernière se tourna vers le patron qui acquiesça d'un signe de tête.

—C'est Greg et ses sbires... souffla Charles-Henri. De bons clients pour Marcel, mais Greg en pince un peu trop pour Aurélia.
—Et ses sentiments sont-ils partagés ?
—Non. Aurélia en aime un autre, et d'ailleurs, elle est assez occupée avec son enfant.
—Ah ? Aurélia a un enfant ?
—Un petit de trois ans. Jonas. C'est une voisine qui le garde.
—Et Aurélia ne veut pas de Greg ?
—Ben non. Mais il devient pressant, avec la main baladeuse, voyez-vous ... Aurélia ne dit rien, mais elle en a peur. Et puis, ce type trempe dans des affaires peu recommandables.
—Mon Dieu ... Mademoiselle Aurélia ne peut-elle se plaindre à la police de ce harcèlement ?

Charles-Henri se pencha vers Marion :
—C'est que l'affaire est plus ennuyeuse encore qu'il n'y paraît. Le père de son enfant travaillait pour Greg. Il a disparu il y a trois ans. Avec, soi-disant, une grosse

enveloppe destiné à Greg, contenant le profit de la vente de marchandises pas très licites, vous me suivez ?

—Ah ! Ciel ! Aurélia était-elle au courant de toutes ces vilaines choses ?

—Vous pensez bien que non ! D'ailleurs, Aurélia est persuadée que son ami Olivier, le père du petit, n'était au courant de rien. Il vendait des motos dans une succursale de l'Isère appartenant à Greg. Il les livrait dans l'Europe entière. Mais ce qu'il ne savait pas, c'est qu'il n'emmenait pas que des motos, vous voyez...

—Ah ! Quel malheur.... compatissait Marion. Comment se sortir de ce mauvais pas ?

— Partir, c'est la seule solution pour le moment. Aurélia a préparé sa fuite, c'est pour ce soir... Mais il semble que Greg ait eu vent de quelque chose...

Marcel s'approcha, demanda à Marion si tout était à sa convenance et en profita pour glisser une enveloppe dans la poche de Charles-Henri.

—C'est la paie d'Aurélia, avec de quoi se voir venir. Je préviens la voisine que vous allez passer chercher le môme. Emmène notre amie et fais tourner le moteur. Vous me rendrez les clés plus tard.

Il eut pour Marion un sourire qui se voulait rassurant :

—Ne vous inquiétez pas, madame. Lorsque Aurélia reviendra avec la commande, elle vous rejoindra. Je vérifie qu'il n'y a personne à la porte de service. Salut, petit ! Prends soin de toi, et donne des nouvelles.

Il lui donna une tape amicale, et mit le trench de Marion sur ses épaules.
—Mais, monsieur Marcel … Je n'ai pas réglé la note...
—C'est pour moi. Prenez bien soin de votre petite-fille et du petit Jonas.

Marion demeura bouche bée.
« *Mon Dieu, me voici grand-mère d'adoption... C'est certainement votre volonté...* »

Ils refermaient la porte des cuisines contre la nuit fraîche, lorsque leur parvinrent des éclats de voix et de verre qui éclate. Deux minutes plus tard, Aurélia les rejoignait, s'engouffra dans le véhicule et Charles-Henri démarra.
—Mme Loiseau est prévenue, dit-il. On prend le petit et on file vers le sud.
—Où va-t-on ? Demanda Marion.
—Dans un endroit où Greg et ses amis ne nous retrouverons pas.
—Voulez-vous qu'on vous dépose quelque part ? Demanda Aurélia.
—Oh... Eh bien, je vais vers Montélimar, dit Marion. Merci de m'emmener jusqu'à Valence, si c'est votre chemin, bien entendu.
—J'espère que nous ne vous ferons pas courir de risques... Charly, tu prendras les petites routes dès que possible si tu veux bien...

Ils passèrent devant les Hortensias, et Marion eut un frisson désagréable, constatant tout de même avec soulagement qu'aucun branle-bas de combat, ni véhicule à gyrophare garé au bas du perron n'induisaient une possible enquête sur sa disparition.
Elle eut un grand soupir et laissa aller sa nuque contre l'appuie-tête : il lui sembla qu'elle avait vécu ici il y avait très longtemps, et que des années s'étaient écoulées depuis son départ l'après-midi même.

Elle sut alors qu'elle ne pourrait jamais revenir en arrière, et que, même si son équipée était la dernière, elle ne regretterait rien. Mais en même temps, elle comprit qu'elle était sur son chemin, le chemin de sa vie, dont elle avait dévié en venant aux Hortensias. Oui, mais pourtant, c'était là que le destin l'attendait pour la remettre sur ses rails.
Plus rien n'avait d'importance. Marion jeta un regard stupéfait et content à ses compagnons de voyage, au chérubin qui, endormi dans son siège d'enfant, s'était emparé d'un pan de l'écharpe de Marion et le tenait contre sa joue, comme un doudou.

Tout s'était passé très vite : Charles-Henri au volant surveillait la nuit, laissant tourner le moteur. La nounou qui attendait dans le renfoncement d'une porte, donna le bagage de l'enfant avant de serrer très fort Aurélia et le petit dans ses bras.

Un dernier signe de la main à travers la lunette arrière, - le temps que les deux femmes joignent leurs efforts pour installer le bambin bien comme il faut, Aurélia agenouillée sur le siège passager et Marion à l'arrière -, et le village ne fut bientôt plus qu'un décor de théâtre désert qui s'éloignait dans le clarté orange des lampadaires.

Ils roulèrent assez longtemps, silencieusement, perdus dans leurs pensées. Marion méditait sur la force du destin, en contemplant avec ravissement le petit garçon endormi.

« On dirait mon Landry à son âge... Pauvre petit bonhomme... Quand je raconterai cela à Mme Longevert. Cette bonne Huguette ne voudra jamais me croire... »

Aurélia jetait de fréquents regards inquiets à l'enfant, et au rétroviseur.
—Il dort comme un ange... fit Marion.
—Excusez-moi, mais ... Êtes-vous attendue ? questionna Aurélia, semblant s'aviser de l'étrangeté de la situation.
—Eh bien... Pas vraiment, ma chère enfant. Enfin ... Je voulais faire la surprise...
Aurélia eut un geste évasif.
—Si vous le souhaitez, vous pourrez dormir aux Bergerets. Nous allons y faire une halte pour la nuit. C'est le gîte d'un ami.

—Ah ! Fort bien... Mais je ne suis pas bien sûre que ce soit dans mes moyens.... Si vous pouvez me déposer près d'une gare. A partir de là, je saurai comment faire.

Aurélia et Charles-Henri échangèrent un rapide regard complice :
—Vous êtes avec nous, madame. Vous serez aussi l'invitée du propriétaire des Bergerets.
—Mais, monsieur Marcel m'a déjà offert mon repas. Je ne veux pas abuser de votre gentillesse, tout de même !
—N'ayez point de crainte, madame ! fit cérémonieusement Charles-Henri. Vous avez vu comme nous avons merveilleusement échappé aux sbires de l'horrible Greg. Il nous faut poursuivre notre quête, et dérober la princesse et le petit prince aux mains crasseuses de ces inconscients. Nous ne serons pas trop de cinq, en comptant Christophe, le propriétaire du gîte, et Rose sa fidèle collaboratrice, pour en venir à bout ! Quant à Sylvaine, la châtelaine, je pense qu'elle doit voyager au bout du monde !

—Charly, je pense que tu devrais prendre le chemin des Terres, à la sortie du Creux de la Thine, juste devant la station-service désaffectée. On pourrait retrouver la nationale plus loin, vers Saint-Vallier. Il faut vraiment connaître les lieux... Les motards ne s'aventureront pas à travers les champs de pêchers et d'abricotiers : ils auraient vite fait de s'embourber dans les alluvions du fleuve, s'ils ne savent pas bien où il faut passer. On pourra souffler un moment au bord du Rhône.

Ils firent ainsi. La nuit était calme et la circulation clairsemée.
—Regardez... dit Marion Lasparède.
—Oui, il y a souvent des gens qui fouillent les containers à linge.
—Avez-vous vu ? Cette jeune femme a l'air seule ...
—Elle m'a l'air bien occupée à chercher. Son compagnon ne doit pas être loin.
—Oh ! Elle s'est cachée en nous voyant ! Et si nos poursuivants la trouvent !
Charly descendit sa vitre :
—Madame, ne restez pas ici ! cria-t-il sans ralentir. C'est dangereux !
La jeune femme ne répondit pas et recula un peu plus dans l'ombre.

6

« *C'est toujours aussi beau, ici. Toujours cette merveilleuse paix, ce paysage sans défaut. Il ne manque rien à mon bonheur, je vais bien. Si bien sûr... Il manque Sylvaine. Où es-tu Sylvaine. ? C'est pour toi que j'avais racheté cette maison. Enfin, pour nous deux. Pour y vivre notre amour, pour élever nos enfants... Ce soir, ma douleur est plus cuisante. Pourtant d'ordinaire, trois verres de whisky et ça passe. Ce doit être cette fille étrange. Un bon... plan, ça, c'est sûr. Peut-être que je devrais la revoir. Mais je n'ai pas gardé son téléphone. Oh ! Et puis, les bonnes femmes, ras le bol !* »

Christophe n'entendit pas venir Rose, et elle chuchota tout près de lui. A chaque fois, il sursautait, mais Rose avait le génie de le tirer de sa hargne comme elle savait si bien le faire.
—Un problème, Rose ? J'en suis fatigué d'avance. Pas le commandant Abréal, tout de même ?
—Un problème... Oui et non. Pas le gendarme. Il attend sagement le dîner. Jean a fait des bulots, un gratin de courgettes et des brochettes avec de l'aïoli, avec un Saint-Joseph de la Ferme de Grignan. J'espère que ça lui plaira. Non, c'est votre petit frère...
—André ?
—Oui, il arrive. Il livre sur Valence.

—Eh bien, c'est super, je suis content ! Ah ! Tout va mieux quand mon petit poète est là ! Et toi, ça ne te fait pas plaisir que ton bébé vienne se faire chouchouter ?

Rose soupira.
　—Mais bien sûr que ça me fait plaisir, mais ce n'est pas ça ! Il est avec une dame ! Une dame qu'il ne connaît pas. Où va-t-on les coucher ?
—Comment ça, une dame qu'il ne connaît pas ?
—A ce qu'il dit, il l'aurait ramassée sur la route...
—Mais qu'est-ce que tu me dis, Rose ?
—Peuchère, je te dis ce qu'il m'a dit !
—Bon, eh bien, tu lui as dit d'arriver ?
—Évidemment, on n'allait pas le laisser sur la route !
—Je leur passerai mon lit, et je dormirai sur le canapé dans mon bureau... On verra bien... Le gros des pensionnaires ne sera là que lundi. D'ici là, on se débrouillera !
—Mais c'est que... Ils ne dorment pas ensemble...
—Pfff ! Ça, c'est de l'André tout cuit ! Bon, on va voir... Je vais rejoindre notre gendarme...

Nous accueillions ce week-end le commandant de gendarmerie Abréal, de la brigade de Valence, un habitué qui aimait à se ressourcer aux Bergerets. Je n'ai pas un amour immodéré pour les uniformes, mais à la longue, une certaine sympathie s'était instaurée entre nous. Nous apprenions à nous connaître, je revenais sur certains de mes clichés concernant le métier de gardien de l'ordre, et je crois qu'il nous était mutuellement agréable de partager un verre ou une conversation ensemble.

Le commandant Eric Abréal ne détestait pas savourer un bon whisky et Rose qui nous apportait les boissons, me fusilla du regard. « *Je sais, je sais, j'en suis au quatrième de la soirée et je parierais qu'Abréal me bat largement. Il doit traverser aussi une période de spleen. Abréal sort d'un divorce compliqué. Mais c'est peut-être un pléonasme.* »
Je lui annonçai que ce soir, je lui présenterais mon jeune frère. Aux Bergerets, on prend les repas tous ensemble en table d'hôte.

—Que fait-il dans la vie, votre jeune frère ?
—André est chauffeur-livreur. Mes parents voulaient qu'il continue ses études, mais rien n'y a fait. Il semblerait que cette vie lui convienne. Il travaille pour la société Emile Cachaud, si ça vous dit quelque chose.

Abréal se leva et alla emplir les verres :
—Pendant que votre fidèle Rose est absente, sinon, elle me houspillerait pour mon intempérance, je me permets de nous resservir. Soyez mon invité.
—Sûrement pas, vous savez bien que vous avez bar ouvert aux Bergerets.

Rose réapparaissait, posait sur les deux hommes un regard réprobateur.

—Si vous prenez trop de whisky, vous n'apprécierez pas le bon vin tout à l'heure au repas ! Décréta-t-elle.

Elle tendit le téléphone à Christophe :
—C'est Aurélia, elle a des ennuis, ajouta-t-elle plus bas. Pas assez cependant pour que le propos n'échappât à Abréal. Cependant, il passa discrètement sur la terrasse, et laissa son hôte et l'intendante en tête à tête.

—Quel genre d'ennuis ?
—Des gros... souffla-t-elle.
Rose connaissait bien Aurélia et l'appréciait beaucoup.
—Si elle vient, dit-elle pour plaider la cause de la jeune femme, elle pourra me donner un coup de main. Ça ne sera pas du luxe ! Ah ! Oui ... Elle est accompagnée... Mais bon, pour les lits, on se débrouillera toujours ! Je laisserai ma chambre, et j'irai dormir chez mon ex...

Christophe écouta longuement Aurélia lui conter les péripéties de la soirée.
—Mais où es-tu maintenant ?
—Nous sommes au niveau de Saint-Vallier, au bord du Rhône. J'ai pensé que nous pourrions nous arrêter un moment vers les lônes, Greg et ses affreux ne s'y aventureront pas. Et s'ils débouchaient vers la ferme de Jeannot, il saurait bien les dissuader avec un bon coup de cartouches à sel ! Nous allons attendre un moment que la troupe des motos soit passée. Le vendredi, Greg est attendu à Avignon pour je ne sais trop quelle affaire.

Il ne changera certainement pas ses habitudes pour se lancer à ma poursuite...
—Hum... Ça, c'est moins sûr...Mais bon, je ne pense pas qu'il sache que tu viens aux Bergerets... Marcel sait que tu viens ici ?
—Oui, je le lui ai dit. Mais tu sais bien, c'est une tombe !
« *Espérons que Greg n'emploiera pas la manière forte pour obtenir des renseignements...* » cogitait Christophe.

—J'ai cru comprendre par Rose que tu amènes des amis ?
—J'ai pris Jonas avec moi, tu comprends, je ne pense pas revenir à Salaise de si tôt. Charly conduit et nous avons une dame avec nous. Une dame d'un âge qui souhaite rejoindre Montélimar demain matin. Pourras-tu nous héberger ? Tu sais, pour moi et Jonas, juste un petit coin suffira... Et si je peux aider en cuisine et au restaurant, ce sera avec grand plaisir. Tu as toujours ton cuisinier ?
—Eh non, justement, c'était juste un dépannage. C'est Rose qui s'y colle, et j'improvise aussi un peu au fourneau. André sera là ce soir. C'est un spécialiste des crumbles, comme tu le sais ! Il nous préparera quelques bons desserts. Bon, arrivez prudemment, on vous attend ! Ah ! Aurélia... Ce week-end, le commandant de gendarmerie Abréal nous honore de sa présence.

—J'espère que je ne t'attirerai pas d'ennuis, Christophe. Je n'ai pas réfléchi... Les Bergerets me semblaient l'endroit idéal, mais... je n'ai pensé qu'à moi et au petit...
—Mais non, Aurélia, tu as bien fait ! Si les amis ne peuvent pas donner un coup de main, où va-t-on ? Tu es la bienvenue, tes amis aussi, et vous restez le temps que vous voulez, OK ?
—Merci Christophe, je t'en serai toujours reconnaissante !
—Allez, arrivez vite ! Soyez bien prudents !

—Des ennuis, Christophe ?
—Non, non, commandant... Des arrivants de dernière minute. Des amis. Je vous offrirais bien un autre whisky, mais Rose va nous scalper ! Voulez-vous que nous fassions quelques pas au jardin ? Il est magnifique en ce début d'automne !
—Avec grand plaisir... Il m'a semblé que Rose était inquiète...
—Oh ! C'est son tempérament ! Mais non, tout va bien !

Abréal le regardait de biais. Christophe voulut faire dévier la conversation
—Et, quelle affaire importante vous occupe en ce moment ? Oh ! Pardonnez-moi, je m'étais juré de ne pas vous parler travail pendant votre temps de repos !
Abréal rit.
—Ça ne fait rien... Nous avons fort à faire avec une bande de trafiquants. Nous travaillons en partenariat avec Lyon. Il y a un bon moment que nous les avons à

l'œil. Ça n'aurait rien que d'assez banal, si nos trafiquants n'avaient pas trempé dans un crime... Enfin, dans *des* crimes.

Christophe, qui marchait nez au vent, tressaillit et s'arrêta.
—D'ailleurs, poursuivait Abréal, je ne veux pas vous amener à jouer les délateurs, mais si vous entendiez parler de quelque chose d'étrange... On n'arrive pas à trouver des preuves pour les coincer, mais un jeune chauffeur a trouvé la mort après une livraison dans la zone industrielle de Portes. Tué par balle. On sait qu'il livrait de l'électro-ménager, apparemment sans savoir que les caisses contenaient autre chose. Le laboratoire étudie les empreintes trouvées sur place. Mais pour le moment, rien de très significatif. Nous en saurons plus dans la soirée ou demain.

Christophe se sentit pâlir.
—Je ne voulais pas vous inquiéter, mon cher Christophe. Vous pensez à votre frère, n'est-ce pas ? Mais tous les chauffeurs-livreurs ne se trouvent pas, Dieu merci, confrontés à ce type de circonstances fâcheuses.
—Vous avez dit *des* crimes ? Plusieurs chauffeurs-livreurs ?
—Non, un homme âgé. Trucidé avec la même arme que le chauffeur-livreur. La victime est un habitant du Creux-de-la-Thine. Jean Vaillant, dit Jeannot la Pêche. Gros propriétaire de vergers, ça vous dit quelque

chose ? Dans les deux cas, personne n'a rien entendu…
Il faut dire que la zone commerciale et les bords du Rhône sont peu fréquentés dès que la nuit tombe... On ne trouve pas facilement des témoins...

Christophe faisait face au gendarme et le considérait, interloqué.
—Le vieux Jeannot ? Pardi, on a tous travaillé pour lui pendant les études. Et je suis resté client et grand amateur de ses pêches de vigne. De vieux arbres qui donnent des fruits délectables, et que Jeannot réservait pour une petite clientèle d'habitués. Vous êtes sûr de ça ?
—C'est arrivé il y a deux jours. Un arboriculteur de ses amis l'a trouvé couché dans l'entrée de son mas, pas loin du Rhône. Salement tabassé, et fini avec une balle en pleine poitrine...
Christophe sentait le sang se retirer de tout son corps. Et Aurélia et ses compagnons, naviguant au milieu de cette mer d'arbres fruitiers...

—Quelque chose vous tracasse, Christophe ?
—Non... non. Mais... Avez-vous des éléments qui vous montrerait qui a fait le coup ?
—Pas trop... Il faudrait aussi savoir pourquoi on l'a tué. Pourquoi une bande bien organisée s'attaquerait à ce vieil homme. On connaît à peu près tous les trafiquants de la région, assez malins pour n'être jamais inquiétés. On les a à l'œil, on attend le faux pas. Mais jusque là, on n'avait pas eu à déplorer de crimes de sang.

Uniquement, des dealers ou des consommateurs victimes d'overdoses.
Christophe passa la main sur son visage, se sentit vaguement barbouillé.
« *Il faut que je freine sur le whisky...* »
—Venez, commandant, nous allons manger. Le gratin de courgettes de Rose n'attend pas...

Il tentait de revenir à des émotions plus légères, mais avec beaucoup de mal. Il lui semblait que les ennuis n'étaient pas loin
Ils regagnèrent le gîte en silence, perdus dans leurs pensées.

—Comment va Sylvaine ? dit Abréal d'un ton enjoué.
Il avait longtemps hésité avant de poser cette question, dont il craignait de deviner trop bien la réponse. Il connaissait à présent le processus inéluctable de la séparation, pour l'avoir expérimenté et ressenti dans ses chairs, il n'y avait pas si longtemps.

La séparation que l'on croit éphémère et qui se prolonge, discute, trouve des arguments, des alibis, des excuses, et qui finit par ne plus en chercher. Alors, tout est fini. Biffé, effacé, fini. Des années de bonheur et d'intimité passées à la trappe.

Abréal trouvait que Christophe semblait en petite forme, et il voulait en connaître précisément la cause. L'annonce de l'assassinat du livreur et de l'arboriculteur paraissait vraiment l'affecter, et Abréal s'interrogeait. Christophe, d'ordinaire bonne petite nature, chipotait son assiette, laissait le merveilleux Saint-Joseph s'éventer dans son verre. Finalement, hormis l'inquiétude pour un frère, ce qui est bien légitime, il ne pouvait y avoir qu'une bonne femme pour vous mettre dans des états pareils...

Christophe, qui rêvait, ou bien était-ce la fatigue... Il pensait encore à cette fille étrange, belle à sa façon, qui s'était abandonnée dans ses bras et qui ensuite semblait le regretter. Ses idées revinrent péniblement à Sylvaine, et les mots dépassèrent sa réflexion.
—En fait, je n'en ai pas de nouvelles, ces dernières jours. Vous savez ce que c'est... Au fin fond de l'Asie, à des milliers de kilomètres, les communications ne sont pas faciles.

Christophe vida son verre d'un coup, sans considération pour le nectar de rubis.
« *Pas plus qu'à quelques centimètres, quand on partage un lit ou un repas...* » supputait Abréal.
—Oui, Christophe, je sais ce que c'est...
Ils burent en silence. Christophe pensait à ces messages répétés, laissés sur le téléphone de Sylvaine. Ces autres missives qu'il avait demandé à ses collègues de lui transmettre. Bizarrement, là encore, il faisait comme s'il ne comprenait pas ... Bien sûr, perdue dans les villages nichés au creux des montagnes, occupée à dispenser des soins à des populations éloignées de tous centres

sanitaires, Sylvaine ne pouvait pas s'adonner comme elle l'aurait souhaité à des occupations épistolaires.

Il pensait à la dernière carte postale de Sylvaine. Christophe concevait bien qu'il était malaisé de correspondre. Mais les autres fois, il ne se posait pas de questions. Ils n'avaient même pas besoin de s'écrire ou se parler pour savoir qu'ils étaient reliés par un fil invisible qu'ils croyaient indestructible : l'amour. Et lorsque Sylvaine rentrait, leur vie reprenait comme avant.

Il lui vint que c'était peut-être pour cela, que leur mariage avait pris l'eau : surtout, ne jamais se poser de questions. Les sentiments de Sylvaine lui étaient acquis.

Puis l'autre jour, lorsqu'il composa le numéro où il pouvait la joindre, une voix répondit. Mais pas celle de Sylvaine. Une voix masculine qui parla en anglais. Christophe se présenta. Il y eut une sorte d'hésitation à l'autre bout du monde. L'homme s'éclaircit la voix, finit par répondre que Mrs « Carpenter » n'était pas joignable. Christophe demanda quand elle le serait. L'autre répéta : « *pas joignable* », salua, raccrocha.

Christophe aurait parié que Sylvaine était tout près de l'interlocuteur. Peut-être étaient-ils couchés dans le même lit. A cette pensée, Christophe heurta rageusement son verre contre son assiette, en le reposant. Abréal ne dit rien, les yeux sur l'horizon.

Rose apportait les brochettes.

—Je suis bien chez vous, dit Abréal. Rose, je crois que je vais vous épouser.

—Je vais en parler à mon ex-mari, fit Rose tout en servant. Vous n'avez pas repris de gratin ? Il n'est pas bon peut-être ? Pourquoi vous *piniochez* comme ça, tous les deux ? Ouhhh ! Ça ne va pas le faire, si vous ne mangez rien ! Allez, je ne veux plus voir que les piques des brochettes dans les assiettes, quand je reviens, sinon, je démissionne !

Ils lui prenaient les mains, imploraient son pardon, et elle s'enfuyait bien vite en protestant joyeusement.
La nuit était tombée, mais la soirée était très douce, et ils importèrent leurs verres sur la terrasse.

—Quelle merveilleuse région, soupira Abréal. Je crois que je ne retournerai jamais dans le nord. D'ailleurs, ma fille voudrait venir s'installer ici, avec son compagnon. Seule, ma femme avait le mal du pays. C'est ça, la gendarmerie. Tous ces changements, ce n'est pas bien bon pour la vie de couple. On ne se rend pas compte, quand on est jeune, ensuite, les enfants viennent, on les élève et quand on se retrouve tous les deux seuls, qu'il faut tout repenser, c'est là que les ennuis commencent.

—Bienvenue au club, soupira Christophe. Quand on approche la cinquantaine, on se dit : « *on va faire quoi maintenant ? De quoi j'ai envie, et on ne sait pas répondre...* » Vous reprenez un peu de vin ?

—Avec plaisir, on peut se le permettre, après on ira se coucher.

—Oui, et on pourra ronfler tout son soûl, les chambres sont bien insonorisées... et on n'a pas de femme dans notre lit... ajouta Christophe amèrement. Qu'est-ce qu'il fait le frangin ? Il devrait déjà être là...

7

Il était près de dix heures lorsque j'arrivai, suivi par la voiture de l'étrange jeune femme, dans la zone commerciale de Bourg-lès-Valence. Je connaissais bien l'entrepôt du Pridou Discount pour lequel j'avais effectué nombre de livraisons, et dont le bâtiment se trouvait au bout d'un dédale de rues bordées plus spécialement d'ateliers.

En fait, je me posais pas mal de questions concernant mon chargement. Comme convenu, j'avais trouvé dans ma boîte, le paiement de ma course : je n'en étais pas revenu de la somme rondelette ! Surtout qu'Emile n'était pas du genre à jeter l'argent par les fenêtres. Il y avait des instructions : tout devait être déchargé derrière le Pridou avant dix heures. Je me demandais si Emile Cachaud n'avait pas glissé sur la pente tentante des livraisons borderline.
De toute façon, ma décision était prise bien avant ce soir. Je posais les télés, je prenais mon sac et je faisais du stop jusqu'à la petite route qui mène au hameau des Vollanes, à quelques kilomètres des Bergerets.

La jeune femme du container à linge tombait à pic. Elle m'emmènerait jusque chez Christophe. Mais tout au long de la route, en jetant de temps à autre un coup d'œil au rétroviseur, je m'inquiétais de savoir si je n'allais pas l'entraîner dans une aventure hasardeuse. Et si on tombait dans un traquenard...

A quelques centaines de mètres du Pridou, je lui fis signe de s'arrêter.
—Un problème ?
—Non... Mais on ne sait jamais, dans ces zones, la nuit. Je vais vous donner mon sac et vous m'attendrez tous feux éteints, dans le sens du départ, sur le parking du Leclerc auto. Je vous y rejoindrai.
—Bon. Comme vous voulez... Mais vous m'inquiétez.
—Non, c'est juste une précaution.

Maude se gara entre deux voitures poussiéreuses, le capot en direction du rond-point menant à la nationale, et attendit. Le fourgon avait tourné l'angle du Leclerc auto depuis un bon quart d'heure. Le jeune homme qui lui avait dit s'appeler André, devait déposer son chargement. Si cette livraison à cette heure lui paraissait un peu étrange, après tout, ça ne la concernait en rien. Elle n'avait qu'une envie, rejoindre ce gîte et trouver un lit moelleux au fond duquel oublier cette journée tout en ratages.

Elle avait envie d'une bonne douche, pour se laver de cette impression pénible d'inachevé, de vaguement sale. Quelle idée aussi, de fourrager dans un container à vieilles nippes ! Curieusement, c'était sa trouvaille qui lui apparut comme l'événement le plus frais et le plus prometteur de sa journée. Hormis la rencontre avec Marike, évidemment !

La zone était déserte. Pas une voiture. La circulation se concentrait bien plus loin vers les cafétérias. Elle glissa au fond du siège et ferma les yeux.

Un vrombissement venu de la nationale enfla, accompagné de faisceaux de phares agressifs. D'instinct, elle baissa la tête, se remémorant qu'elle avait bien verrouillé les portières, comme recommandé par André. Le ronflement assourdissant d'une harde de motos passa tout près, et elle mit les mains sur ses oreilles, le cœur battant à tout rompre.

« Merde... Ils vont vers le Pridou. J'espère que le jeune ne va pas se trouver dans un mauvais plan ! Mais comment le prévenir...Il faudra vraiment que je me paie un autre portable...»

Les motos s'éloignaient vers l'arrière de la zone. Maude calcula qu'elles se dirigeaient bien vers l'entrepôt du discount. Que faire ? Aller à la recherche du livreur ? Et si elle envenimait ainsi la situation ? Ne lui avait-il pas conseillé de ne pas bouger et d'attendre ?

Il ne s'écoula pas cinq minutes : elle entendit accourir et soupira d'aise. Elle déverrouilla la porte passager et André se glissa auprès d'elle :

—Pas de bruits. Ils vont repasser. Après, si tout va bien, on décanille de là et vite.
—Les motos ?
—Ouais... L'Emile a dû mettre le doigt dans un engrenage vicelard... Vous accélérerez doucement, ensuite, roulez pareil. Rien qui attire l'attention...

Bientôt, le rugissement des moteurs se fit plus inquiétant.
—Couchez-vous...
Il laissa une main sur sa tête, et les phares passèrent tout près. André risqua un regard. Le fourgon d'Emile Cachaud s'éloignait, escorté de cinq ou six puissantes machines.
—Je savais bien que ce nom : *Cachaud*, ça n'était pas bon, fit Maude ; ça sonne un peu comme prison, non ?
—Vous ne croyez pas si bien dire...

Ils reprirent la route nationale sans problèmes, s'engagèrent dans tout un réseau de chemins secondaires. Après s'être présenté, - il s'appelait André Charpentier, moi c'est Maude Morel, enchanté, moi de même, merci pour tout -, le jeune homme ne disait plus rien et elle n'osait pas l'interroger. Et puis, l'envie de dormir surpassait sa curiosité.
—Je vais prendre le volant, si ça ne vous fait rien.
—Non, au contraire. Vous savez mieux que moi où nous allons.
Elle ne s'étonnait plus de remettre sa confiance et sa vie entre les mains de cet inconnu qui se livrait sans aucun

doute à des transactions illicites. Mais elle se dit que de toute façon, il était trop tard.

—Ça, c'est moins sûr, proféra-t-il lugubrement, renchérissant sur la réflexion de la jeune femme. Ce qui est certain, c'est que vous avez tout d'un ange gardien... Vous me sauvez la vie ! Merci beaucoup.

Et cette phrase résonna dans son esprit avec une acuité particulière.

—Ben... Vous faites un métier dangereux, dit Maude. Vous devriez chercher autre chose... Ça arrive souvent, l'attaque de la diligence ?

—En fait, ces types ne sont pas dangereux... Enfin, je ne le pense pas... Mais ils n'aiment pas trop les témoins...

Maude l'observa à la dérobée, dans la pénombre de l'habitacle. Elle n'arrivait pas à déterminer s'il était sérieux ou pas.

« C'était moins une... Avec le problème des clés, on n'était pas en avance. Après, comment j'aurais fait si cette femme n'avait pas été là ? Les motards ont dû être retardés... Ils devaient sûrement venir pour dix heures. Quelle histoire... »

André cogitait âprement, sentant monter sa colère et la voiture suivait allègrement les petites routes, comme en pilote automatique.

Elles avaient l'air bien lourdes, ces télés... M'est avis que les cartons ne contiennent pas que des écrans. Emile m'a utilisé... Depuis combien de temps je fais du trafic... de quoi au juste... sans le savoir... Ma lettre de démission est partie. Un bon point. Sauf si la police met son nez dans le truc ; après tout, elle croira peut-être que j'ai démissionné sans savoir que je me livrais à un trafic en toute innocence... Ce qui est la vérité... Oui, mais souvent, quand on dit la vérité, les gens ne veulent pas vous croire... Ils préfèrent les histoires bien tarabiscotées et pourtant... logiques...

Un peu de musique, ça ne peut pas faire de mal. En sourdine. Maude s'est endormie.

Mais Maude ne dormait pas. Elle écoutait Cabrel chanter *les chemins de traverse.* On avait quitté la nationale, puis la départementale et maintenant, André suivait allègrement, sans hésiter, les petites routes bordées d'arbres fruitiers, de champs et de garrigues.

—C'est de circonstance, n'est-ce pas, cette chanson...
—Je croyais que vous dormiez...
—Non, je réfléchissais... C'est encore loin ?
—Deux petits kilomètres. Vous en avez assez, n'est-ce pas ?
— Non, je suis bien. On ne se connaît pas, et pourtant, j'ai confiance.
—Surtout après ce qui s'est passé tout à l'heure, vous pourriez avoir des doutes...
—Vous pensez que ces types peuvent nous avoir repérés ?

—Non... Personne ne sait que Christophe, le propriétaire des Bergerets, est mon frère. Je l'ai appelé pour lui dire que nous arrivions.
—Ah ! Votre frère ! J'espère que ça ne fera pas trop de dérangement, c'est que j'arrive comme ça, sans me gêner.
—Pas de souci, il y a toujours le gîte et le couvert pour les âmes esseulées, aux Bergerets.
André avait un sourire magnifique.

—Vous savez, j'ai une amie qui est une habituée des lieux, peut-être l'avez-vous croisée ? Elle a un style gothique, elle se prénomme Luce. Elle restaure des tableaux et des monuments historiques. Et c'est un merveilleux peintre !
—Ah ! Luce ! s'exclamait André ! Ça alors ! Si je m'attendais ! Mais bien sûr que je connais Luce ! Une fille extra ! Ah ! Ben alors, vous aurez un super-comité d'accueil. Et aussi de la part de Rose, c'est une amie de collège de Christophe. Elle s'occupe de l'intendance, parce que Tof ne peut pas y arriver tout seul. Rose et Luce s'entendent à merveille.

—Il n'a pas un conjoint, votre frère, pour l'aider?
—Si. Sa compagne Sylvaine, qui travaille pour des causes humanitaires. Mais elle est rarement là. Christophe faisait le même métier. Jusqu'à ce qu'il décide qu'il en avait assez et qu'il nous rachète nos parts du mas de nos grands-parents, et de créer ce gîte.

—C'est drôle comme les chemins se croisent, courent de front, se séparent... fit Maude, rêveuse.
—Oui, dit André, c'est drôle la vie. Enfin, quand je dis drôle... Il vaut mieux savoir nager. Et encore, à contre courant...
—Des fois, dit Maude sombrement, il faut remonter à ses sources, pour pouvoir continuer...
—C'est vrai... Vous voyez, de savoir que je retourne ce soir au mas de mes grands-parents, c'est comme si je me donnais une seconde chance...
—Comme je vous comprends, André...

Ils se turent, et par la fenêtre ouverte, entraient le parfum ineffable de la garrigue, et la musiquette des grillons qui chantaient l'éternité.
—On arrive bientôt ... murmura André dans un soupir.

8

—Vous allez dire que j'ai des pensées bien étranges, alors que le danger vous guette, mais je viens de me rendre compte que... que c'est la première fois depuis de longs mois que je passe la nuit dehors...
—Oh ! J'en suis désolée, madame ! Vous devez être bien lasse !
—Oh non, non ! Bien au contraire ! C'est délicieux ! Je suis ravie de goûter la nuit en votre compagnie ! Pouvoir regarder les étoiles tout à loisir, avoir tout le temps devant soi, avec de l'imprévisible au programme. Je ressens une absolue sensation de liberté, et je ne regrette pas mon... départ.

Marcel avait préparé des sandwiches et du café et tout en veillant sur le sommeil du petit Jonas, les nouveaux amis se délassaient en bavardant. Toutefois, avec leur attention tendue vers les bruits de la nuit. La circulation de la nationale leur parvenait très lointaine.
Ils s'étaient arrêtés à l'abri d'une cabane perdue parmi les arbres fruitiers. Aurélia qui avait grandi dans la région, connaissait bien le terrain. On entendait, assez près, les clapotis, les tourbillons et parfois les vagues sauvages du fleuve, la nage d'un poisson, l'ébrouement d'un cormoran noir.
—Si vous voyez en plein jour comme ce bord du Rhône est beau, et préservé. Il faut vraiment savoir... Et très

peu de chance que les affreux de Greg nous repèrent ici ! Sinon, ils pourraient bien faire connaissance avec le fusil chargé à sel de Jeannot !
—Qui est Jeannot ?
—C'est un des plus anciens arboriculteurs de la région. Il est très riche mais il vit seul dans un petit mas parmi les arbres fruitiers. Il connaît toutes les plantations par cœur. Quand j'étais étudiante, je venais ramasser des fruits chez lui.
—Mon Dieu, mon enfant, comment comptez-vous vous tirer des sales pattes de cet homme affreux?
—Eh bien, en fait, je voudrais d'abord me mettre à l'abri avec mon petit, pour réfléchir. J'ai tout de suite pensé aux Bergerets. Christophe est un homme extraordinaire.
—Heu, en même temps, Aurélia, je voulais te dire... Je... J'ai oublié de confirmer que nous arrivions... Je devais rappeler ce soir. Mais tu sais, des fois, j'oublie un peu...

Charles-Henri se tortillait, visiblement ennuyé, et Aurélia glissa son bras sous le sien.
—Je t'en demande déjà beaucoup mon Charly. On va téléphoner et de toute façon, tu sais bien que Christophe nous trouvera toujours un petit coin. Et s'il est d'accord, je lui donnerai un coup de main au gîte. Je vais appeler le resto aussi, j'espère que Marcel n'a pas eu d'ennuis. Ces types peuvent être dangereux...
Quelques minutes plus tard, Aurélia apprenait à ses compagnons qu'ils étaient attendus aux Bergerets. Par contre, la sonnerie lancina longuement, lorsque la jeune

femme voulut joindre Marcel. Marion et Charly la considérait sans parler et l'inquiétude les gagnait.
—C'est la messagerie, dit Aurélia. Il doit y avoir du monde. Encore que le jeudi soir, le service est plus cool...
Elle réitéra son appel, et une voix d'homme qu'elle ne connaissait pas répondit.
—Excusez-moi, fit-elle hésitante, je voudrais parler à Marcel.
—Je suis le capitaine des pompiers de Salaise, dit l'homme. Il y a eu une algarade. Le patron vient de partir aux urgences de l'hôpital d'Annonay. Qui êtes-vous ?
—Son employée. Mais j'ai pris des vacances et je voulais savoir si le service se passait bien. Comment va-t-il ?
—Il a pris de bons coups et en a donné pas mal aussi, mais ça devrait aller. Il devrait sortir assez rapidement.

Aurélia rapporta la conversation à ses amis, et ils demeurèrent silencieux.
—Que faire mon Dieu ?
—Ma chère petite, vous ne pouvez rien pour ce pauvre M. Marcel, l'urgent est de vous mettre à l'abri, vous et votre petit ange. Et puis, après une bonne nuit de sommeil, nous y verrons plus clair. Il faudrait peut-être mettre le propriétaire des Bergerets au courant de ce qui se passe...
—Oui, Marion, vous avez raison. Charly, veux-tu que je prenne le volant ?

—Oh, mais ça devrait aller, si tu me montres comment rejoindre la nationale...
—Chut, écoutez...

On entendait, venant du nord, le grondement des motos.
—Vite, tous dans la voiture, chuchota Aurélia.
Ils verrouillèrent les portières et demeurèrent immobiles, Charly les deux mains sur le volant. Jonas ne s'était pas éveillé, et les trois nouveaux amis tendirent l'oreille vers la nuit compacte, seulement troublée de ce bruit entêtant.
—Je n'ai pas vu en partant, mais ils doivent bien être une dizaine, murmura Charly. Il ne reste qu'à prier...
C'est ce que Marion ne cessait de faire depuis leur départ du routier.
« *Mon Dieu, ne nous abandonnez pas ! Protégez ces enfants de ces monstres...* »

Puis il y eut un moment où le rassemblement des machines sembla tout près, car à vol d'oiseau, la voiture ne se trouvait séparée du grand axe de la Nationale 7 que par une forêt d'abricotiers et de pêchers de quelques centaines de mètres, mais défendue par un réseau de chemins tracés par les arboriculteurs, une sorte de labyrinthe où l'on ne se retrouvait qu'à la longue habitude.

Le ronflement était comme un essaim compact qui traverserait la nuit, pressé, mais prenant quand même son temps. Il sembla à Aurélia que la troupe ralentissait,

là-bas, le long de la route et elle étouffa un gémissement.
—Greg, c'est déjà quelque chose, mais il y a ses deux lieutenants, Marchand et Borel, deux vrais affreux. Et ils parlent d'un nouveau, un certain *Apollo*, un jeune, mais je ne l'ai jamais vu.... Un dingue, à ce qu'il paraît... Greg lui passe tout...

Marion posa une main apaisante sur son épaule.
—Ma chère enfant, vous avez dit qu'ils étaient attendus vers Avignon, chuchota-t-elle comme si la bande de malfrats pouvait les entendre. Ils ne risquent pas de faire un détour par ici. Nous ne craignons rien !
Elle n'en était pas si sûre et sa voix chevrota sur ces derniers mots.

—Ils sont passés... souffla Charly.
—On attend encore un peu et on reprend la route, dit Aurélia.
Elle descendit de la voiture, fit quelques pas, revint.
—En penchant un peu la tête, on devrait voir la lumière de la maisonnette de Jeannot la Pêche. Tout est éteint.
—Il doit être couché, avança Marion.
—Oui, et bientôt, nous pourrons faire de même, sourit Aurélia. Quelle soirée mes amis!

Le temps passant, il ne semblait pas à Aurélia que ses craintes étaient infondées. Au contraire, l'image de Greg, ses yeux pleins de désir qui cherchaient les siens, ses doigts sur son poignet qu'il aurait pu broyer comme il le voulait, sa bouche crispée. Elle revoyait tout cela, lors de leur dernière entrevue.

Un soir, il y avait quelques mois, elle s'était donnée à lui. Par lassitude, par désespoir, parce qu'Olivier ne reviendrait jamais et Greg avait glissé dans son sac un rouleau de billets qui l'avaient bien aidée, c'est vrai, à payer la nounou. Elle lui avait cédé par peur aussi, par crainte qu'il n'aille se venger sur le petit. Greg n'était pas le pire, elle se méfiait surtout des autres... Et du nouveau... Ce fou ingérable d'après ce qu'elle en savait...

Greg avait pris son plaisir, elle serrait les dents, pensait à Olivier. Qu'était-il devenu. Pourquoi l'avait-il abandonnée ? Il ne pouvait y avoir qu'une raison : il était mort. Vide d'émotion, elle s'abandonnait, et Greg prit cela pour de l'acceptation. Après son départ, elle avait longuement vomi.

Puis elle se prenait à imaginer sa vie avec un Olivier de retour, un peu vieilli, à qui elle présenterait son fils et le désespoir se commuait en colère envers celui qui était parti sans un mot, enfin, seulement une phrase sur un bout de papier laissé sur la table. « *Je dois partir, sache que je ne t'abandonnerai jamais, je serai toujours avec toi. Je t'aime.* » Il y avait aussi un peu d'argent. C'est alors que commença l'attente. Puis elle réalisa qu'il ne reviendrait jamais, bon gré mal gré.

Quelques temps après son départ, elle réalisa qu'elle n'avait plus ses règles et un test de grossesse confirma ses présomptions. Neuf mois plus tard, Jonas vint au monde. La naissance de l'enfant qui ressemblait à Olivier lui disait à tout instant qu'Olivier était toujours de ce monde. Mais alors, pourquoi ne donnait-il pas de nouvelles ?

Trois ans avaient passé. Aurélia reprenait pied dans un quotidien réglé comme du papier à musique. Il est vrai que les journées chez Marcel passaient vite, entre le service de midi et celui du soir.
Parfois, Aurélia pensait remonter dans le nord où vivait ses parents. Elles leur adressait des photos de Jonas et les grands-parents étaient fous de joie, même s'ils avaient renoncé à apprendre qui était son père.
Ils vivaient une retraite sans histoire dans la banlieue de Lille, avec peu d'argent. Ils projetaient de descendre dans le sud pour faire la connaissance du petit.
Cette visite était prévue pour la Toussaint, leur voyage était préparé, ils s'en faisaient une joie. Mais Aurélia supputait qu'avec les ennuis créés par Greg, la donne changeait, il faudrait au mieux repousser la date.
A présent, elle mesurait les risques qu'elle avait pris en fréquentant le motard. Mais avait-elle le choix ?

D'autant que quelques jours après avoir avoir partagé son lit, Greg commença à poser des questions sur de l'argent qu'Olivier lui aurait emprunté. Puis, il se fit plus précis. Olivier se serait évaporé en emportant un joli magot appartenant au chef de bande.
Aurélia ignorait tout de cela et tomba de la lune. Comment son amour avait-il pu avoir maille à partir

avec la bande des bikers ? Et si Olivier avait disposé de beaucoup d'argent, le connaissant, elle aurait été la première à le savoir et en bénéficier, bien évidemment ! Mais Greg ne voulait rien savoir et ne la lâcha plus, surveillant chacun de ses gestes.

Aurélia se rendit compte qu'elle avait parlé tout haut, que ses compagnons de voyage l'écoutaient attentivement. Ils traversèrent Valence déserte. Mais au feu rouge, une voiture vint se garer à leur hauteur. Aurélia eut peur. A travers la vitre du véhicule, elle vit un visage de femme triste et le conducteur démarra avant Charly.
—Je suis honteuse de vous raconter ma vie... Je regrette ce moment de faiblesse avec Greg. Voilà, c'est la cause de tout.
—Ma pauvre petite, qui sommes nous pour vous juger ? Vous avez fait comme vous pouviez, et je ne sais plus qui a dit : « *Lorsqu'on ne fait pas le bon choix, c'est qu'on n'avait pas le choix...* » Laissez venir vos parents. Votre fils a besoin d'eux, et vous savez, les parents sont là pour nous aider. Nous sommes leurs éternels bébés. Laissez-les vous aider !
Aurélia sourit à Marion avec reconnaissance.

—On va prendre les petites routes, nous serons arrivés dans pas longtemps, déclara Charly. Je vais donner un coup de main à Christophe. Il faudra sûrement repeindre les volets et élaguer, nettoyer la piscine. Ah ! Je crois qu'on ne sera pas venus pour rien !

Puis se grattant le menton, pensif :
—Je ferai une balançoire pour Jonas, s'il n'y en a pas ! Le bois à empiler, le débroussaillage ! Good job ! épiloguait-il, visiblement satisfait.
Aurélia lui était reconnaissante de son éternelle bonne humeur, dans les moments les plus éprouvants.

—Ma petite Aurélia, je ne voudrais pas insister ni vous faire de la peine, mais quelque chose dans votre récit... Votre ami Olivier, le père de l'enfant, a disparu il y a trois ans ?
—Oui, il y a eu trois ans en août. Nous vivions alors à Péage-de-Roussillon. Olivier conduisait un camion et prenait de temps à autre ses repas chez Marcel, et c'est comme ça que nous nous sommes rencontrés. Quelques temps après la disparition d'Olivier, je me suis rendue compte que j'étais enceinte. Marcel m'a donné un bon coup de main, aussi bien financier que moral !
—Ne vous inquiétez pas, Marcel sera vite remis !
—Et l'horrible Greg n'est pas près de revenir l'embêter, dit Charly. Ses amis les routiers les attendront de pied ferme !
Ils replongèrent dans leurs pensées, devinant derrière les vitres, la campagne endormie dans la nuit déjà méridionale qui les entourait comme un cocon de verdure odorant.

—Moi aussi, dit soudain Marion, j'ai quelqu'un de proche qui a disparu il y a quelques années. Comme

votre compagnon, il m'a dit qu'il reviendrait, et je ne l'ai jamais revu...
« *Mais pourquoi je raconte cela, je m'étais promis de n'en parler absolument à personne ! Et voilà ! Quelle vieille pie tu fais !* »

—Vraiment ? Etait-ce votre fils ?
Aurélia s'était tournée vers Marion et Mme Lasparède saisit son beau regard compatissant et triste. Elle n'hésita plus.
—Non, mon petit-fils, Landry, que j'ai élevé. Ses parents sont décédés il y a vingt ans dans un accident d'avion. Il était ingénieur et travaillait souvent pour l'Armée. C'était un brillant élément et sa réputation le précédait dans son métier. Tout allait bien, il m'aidait souvent, parce que ma retraite n'est pas grosse. Puis un soir, en quittant la maison il m'a serrée dans ses bras, et cela m'a fait peur, parce que j'ai senti qu'il était inquiet.
Le lendemain matin, j'ai trouvé moi aussi un mot sur ma table de chevet :
« *Je dois partir, mais je veille sur toi à distance. Je t'embrasse de tout mon cœur et je t'aime.* »

Alors, a commencé une longue attente. Je guettais le facteur, j'ai rencontré ses derniers employeurs. J'ai alors compris qu'il avait préparé son départ depuis longtemps. Que me cachait-il ? J'en ai eu le cœur brisé. Où était-il ? Etait-il décédé ? Vous comprenez, mes enfants, dans quelles affres j'étais...

Puis un autre événement est survenu. L'appartement en rez-de-jardin que j'occupais était situé dans un vieil immeuble et la mairie nous apprit que le bâtiment était frappé d'alignement. Nous devions quitter nos logis au plus tard dans les six mois. Je vous laisse imaginer mon désespoir ! Comment faire pour que Landry me retrouve, si je déménageais ?

Les locataires, tous âgés, furent relogés provisoirement à la maison de retraite du village, pour un prix abordable, mais il nous fallait ensuite trouver un nouveau logement. Et cela avant le mois de mars de l'année prochaine. Je me demandais comment trouver un appartement dans les plus brefs délais, me disant que cela brouillerait encore un peu plus les pistes pour que Landry me rejoigne, s'il revenait... Quand un matin du mois dernier, je reçus une lettre... Elle m'était adressée par une femme qui ne disait pas son nom mais la lettre avait été postée à Grignan, dans la Drôme. Et cette lettre disait :
« *Votre petit-fils m'a chargée de vous dire qu'il va bien, mais qu'il ne peut pas vous contacter, cela vous mettrait en danger. Il ne vous a pas abandonnée, et sait que vous êtes dans cette maison de retraite. Mais il faut que vous partiez au plus vite. Allez dans un endroit auquel personne ne pensera...* »

—Puis, je reçus plusieurs autres lettres, des sortes de poème signés de la main de Landry, finissant

invariablement par son « *je t'embrasse et je t'aime, ma mamie adorée.* »
La voix de Marion se cassa dans un sanglot.
—Il ne faut pas être triste, lui dit Aurélia serrant sa main. Nous sommes là, nous allons vous aider. Ces lettres vous apportent de l'espoir ! Votre petit-fils est toujours en vie et il sait où vous êtes !
—C'est vrai mon enfant... Merci....

—Tout cela est bien passionnant ! s'enflammait Charly. Et vous avez donc décidé de chercher cette femme qui vous a adressé la lettre pour en savoir plus !
—Exactement, mon petit. Je projette de me rendre à la poste du bourg de Grignan et de demander s'ils se souviendraient de qui a envoyé ces missives, même si le procédé est bien hasardeux... J'ai décidé de retrouver mon petit Landry coûte que coûte !
— C'est incroyable que nous nous soyons rencontrées, alors que nous sommes dans des situations similaires ! Songeait Aurélia tout haut.
—Rien que de normal, finalement, exposait Charly. Jung appelle cela des synchronicités.

—On peut aussi y voir la main de Dieu, murmura Marion.
Dans l'obscurité de la voiture, une ombre en blouson noir lui adressa un clin d'œil.
« *Good Job...* » entendit Marion.

9

    La voiture stoppa devant la grille :
—C'est nous ! Lança Charly dans l'interphone.
Le portail s'ouvrit, et l'automobile remonta une jolie allée entre des lauriers roses encore fleuris, des pins et des palmiers. Le décor était enchanteur, un peu montueux, orné d'une végétation sauvage, odorante et harmonieuse.

Rose et Christophe les attendaient sur le perron, et vinrent vite à leur rencontre. Abréal, averti de l'arrivée du groupe, s'était proposé pour s'occuper de la cheminée et raviver le feu. Rose s'extasia sur le petit Jonas qui venait de s'éveiller, et jetait alentour des regards étonnés, point effrayés. On fit les présentations.

—Vous êtes ici chez vous ! déclara d'autorité Rose à Marion. Vous restez le temps que vous voulez. Idem pour les petits.
—Si je peux vous être utile... commença Mme Lasparède.

—Vous allez d'abord vous reposer, et vous restaurer. C'est bien assez pour ce soir ! Je vais vous montrer vous chambres, et ensuite, nous vous attendons dans la grande salle pour le dîner, près de la cheminée. Au fait, je ne vous ai pas dit que nous attendons André, il vient avec une amie ! Et nous avons aussi un commandant de gendarmerie. Vous voyez que nous sommes en bonne compagnie !

— Mon Dieu... soupirait Marion, un gendarme... Pourvu qu'il ne me fasse pas ramener de force aux Hortensias...
—Vous êtes bien libre de vos mouvements !
—Oh, vous savez, Charles-Henri, ils font l'appel tous les soirs aux Hortensias ! Mais j'ai bien recommandé à Huguette Longevert de leur annoncer que je suis partie avec une cousine et que je me suis décidée au tout dernier moment cet après-midi. J'espère que cette bonne Huguette se souviendra de sa mission, et que le subterfuge ne sera pas éventé. De toute façon, je ne peux plus les payer...Oh ! Mon Dieu que je suis sotte ! C'est que je n'ai plus l'habitude de partir ainsi et de voyager ! Cela me tourne la tête ! Et me voilà à raconter ma vie !

Charly passait son bras sous le sien :
—Ne vous inquiétez pas, Marion. Je peux vous appeler Marion ? Et vous m'appelez Charly, d'accord ? Votre ami Dieu vous a guidée au bon endroit. Nous allons vous aider à retrouver votre petit-fils, et nous ne vous laisserons pas tomber, promis !
—Je vous suis très reconnaissante de m'accueillir, dit Marion.
Émue aux larmes, et très lasse soudain. Marion ne pouvait en dire plus. Pour toute réponse, Christophe s'empara de son bras libre, et les deux hommes la

conduisirent filialement jusqu'à la maison. Il y avait bien longtemps qu'on n'avait pas pris soin d'elle ainsi, et elle en était toute tourneboulée.

« *Oui, ce petit Charly a raison. Seigneur, vous m'avez amenée chez de bien braves gens ! Ah ! Comme j'aimerais retrouver Landry ! Et je vous prie de rendre son père à ce petit Jonas !* »
Dieu ne lui répondit pas.
« *Il est comme moi, tout content d'être ici*, pensait Marion, *il doit visiter le parc, qui a l'air bien joli, même à la nuit...* »

—Jonas s'est endormi.
—Alors, venez nous rejoindre, ma petite Aurélia.
Tous avaient pris place près de l'âtre pour le dessert, le café et les infusions. Un grillon crissait doucement sur la terrasse. La nuit était sereine et tous les parfums exaltés par les après-midi encore chauds, se libéraient de manière délicieuse.
Les arrivants n'avaient pas faim mais se laissèrent tentés par la tarte aux poires et aux châtaignes de Rose.

Les soirées de l'arrière-saison se passaient la plupart du temps ainsi aux Bergerets : on se réunissait près du feu où pétillait le pin et l'acacia. On papotait, d'aucuns disputaient des parties d'échecs ou de cartes, quelquefois on se mettait au piano. Christophe veillait à ce que la conversation reste de bonne courtoisie, la déviait des sujets épineux. A présent, la fatigue aidant, les convives écoutaient fondre la braise, craquer la bûche que l'on rajoutait bien vite au centre de l'âtre. Minuit sonna à l'horloge comtoise.

—Mais que fait André ?
Christophe s'était exclamé malgré lui. L'inquiétude transparaissait dans sa voix. Cela n'échappa à personne. Le maître des lieux souhaitait entretenir de paisibles conversations, mais il n'y tint plus. D'un signe de tête, Abréal l'encouragea à parler.

—André devait faire une livraison dans la zone commerciale de Bourg-lès-Valence. Le commandant Abréal me dit qu'un livreur y a été assassiné la semaine dernière. Et puis, le commandant vient de m'apprendre que Jeannot la Pêche est mort. On a trouvé son corps dans son petit mas, dans les pêchers... Il y a deux jours de cela...

—Que dis-tu Christophe ? s'écriait Rose.
Aurélia et Charly échangèrent un regard navré.
—Mais comment est-ce arrivé ? Ce n'est pas possible...
—C'est pour cela qu'il n'y avait pas de lumière dans sa maison...
Aurélia avait prononcé ces mots à voix basse, mais ils n'échappèrent pas à Abréal.
—Vous le connaissiez, madame ?
—Plusieurs générations d'étudiants ont ramassé des fruits chez lui. C'était une institution... Pauvre Jeannot... Quand je pense que...

—Que ?...
Le commandant scrutait son regard.
— Oh... En venant tout à l'heure, nous étions un peu fatigués, et nous nous sommes arrêtés au... bord de la route, non loin de la maison de Jeannot...

Aurélia regretta aussitôt ses paroles qu'elle ne voulait pas prononcer. « *La fatigue me fait faire n'importe quoi.* »
—La maison de Jean Vaillant, dit Jeannot la Pêche, n'est pas en bord de route. Il faut s'enfoncer entre les abricotiers presque jusqu'au bord du Rhône, vers Andancette. C'est ce que vous avez fait ce soir, en plein nuit ?
Aurélia et Marion s'agitèrent.
—C'est que... j'avais une envie pressante, commença Mme Lasparède, et vous savez ce que c'est, maintenant, au bord des routes, on ne peut plus s'arrêter. Alors, ces enfants ont bien voulu avancer un peu dans la campagne, afin que je puisse me soulager.
Abréal sourit.
— Excusez-moi, déformation professionnelle, je viens chez Christophe pour décrocher, mais j'ai du mal... Vous êtes parente avec madame ?
—Vous pouvez m'appeler Aurélia, commandant. Et madame Lasparède est ma tante.

Rose resservait des infusions, et l'on abandonna ces tristes nouvelles pour évoquer la vie au gîte, les excursions magnifiques dans la campagne environnante, les marchés de potiers et les vendanges.

Des phares percèrent la nuit et Christophe se leva :« *enfin !* »
Il se porta à la rencontre des arrivants, et depuis le salon, les pensionnaires des Bergerets virent leur hôte s'avancer bras tendus vers la voiture, ouvrir la portière, et demeurer ainsi un assez long temps.

André fit les présentations. Comme Christophe et Maude se considéraient incrédules, il intervint :
— Il y a un problème ?
—Non... Enfin pas vraiment... C'est juste que... Je viens d'apprendre qu'on avait assassiné Jean Vaillant...
— Jean Vaillant... Tu veux dire Jeannot la Pêche ? Et pourquoi on l'aurait assassiné ? C'est arrivé quand ?
—Il y a deux jours ; c'est le commandant Abréal qui séjourne aux Bergerets qui m'en a fait part. Mais ce n'est pas tout. J'étais inquiet quand tu m'as dit que tu avais une livraison dans la zone commerciale de Bourg. On y a trouvé un livreur assassiné la semaine dernière. Je l'ignorais avant ce soir. Tu sais, quand je suis occupé par l'intendance du gîte, je ne m'attarde guère aux nouvelles du journal. C'est aussi le commandant Abréal qui me l'a appris.
—Mon Dieu... soupira Maude.

Rose venait à leur rencontre, serrait André dans ses bras. Le jeune homme la soulevait et la faisait tournoyer

avant de l'accompagner vers la maison, un bras passé autour de ses épaules :
— Qu'est-ce que je suis content de te retrouver, ma Rose adorée !
—Et moi donc, mon petit ! Ton frère se faisait de la bile, en ne te voyant pas arriver ! Peuchère, il n'y arrive plus ! Il y aura encore du monde en pagaïe la semaine prochaine. Il n'a pas pris de vacances depuis je ne sais pas quand ! Il a fallu que j'insiste pour qu'il aille en ville cette après-midi...
—Ne t'inquiète pas, je vais lui donner un coup de main...
—Tu es un brave petit, mon André !
—Sylvaine n'est pas là ?
—Non ... fit Rose lugubrement.
Elle se retourna vers Christophe et Maude qui avançaient nonchalamment.
—Qu'est-ce que vous faites ? Rentrez vite ! La nuit fraîchit !

Christophe s'empara du bras de Maude, et chuchotant :
— Le monde est petit, n'est-ce pas...
— Excusez-moi, Christian, je n'ai pas eu le temps de contacter votre assistante. D'ailleurs, elle semble avoir fort à faire. Et comment dois-je vous appeler ? Christophe... ou Christian...
—Maude... Je suis tellement content ! Il était écrit que nous serions amenés à nous revoir.
Ils s'attardèrent un moment sur le perron.

—Je ne le regrette pas... Et même, je remercie le Ciel. C'est un beau cadeau qu'il me fait là... Et toi, tu le regrettes...
—Pour être franche, je suis trop fatiguée pour analyser la situation. Nous avons eu une soirée mouvementée, votre frère et moi. Après avoir fait tomber mes clés dans un container à linge en bordure de nationale, j'ai été secourue par André. Puis nous avons échappé à une horde motorisée... On ne s'ennuie pas, dans votre coin... Je ne parle même pas des assassinats. Après, si vous logez un commandant de gendarmerie, nous sommes en sécurité...

—Une horde motorisée vous a pris en chasse ?
—Non, mais c'était moins une...
—Il faut que tu me racontes ça... Viens... Je te tutoie...
—Non... Et puis si. Luce, ma meilleure amie est une habituée des lieux. Elle ne comprendra pas qu'on se fasse la tête, quand elle nous rejoindra. Vous pouvez nous réserver une chambre pour quelques jours dans votre beau domaine ? J'ai de quoi payer... Deux cents euros...
—S'il te plaît... Tu es mon invitée. Tu connais donc Luce ? Sais-tu que c'est comme une sœur pour moi ?
—Elle avait évoqué un couple d'amis très très chers qui tenaient un gîte. Mais je ne savais pas qu'il s'agissait des propriétaires des Bergerets. Mais je ne vois pas l'autre élément du couple...

Christophe soupira avec impatience :

—A l'autre bout du monde... Mais oublions cela, veux-tu ? Viens que nous fassions les présentations. Le commandant Abréal est bel homme. Ça m'ennuierait que tu lui plaises, ce qui ne va pas manquer de se produire... De plus, il est célibataire depuis peu...
—Tiens... Et si je le rajoutais sur ma liste de ... clients...
—Maude, je t'en prie... implora Christophe à voix très basse en serrant les doigts de la jeune femme dans sa grande main. Je te demande pardon... Ça va comme ça ? Je me mets à genoux ?

Et comme ils allaient entrer dans la grande pièce chaleureuse :
—Ou alors, reprit Maude qui ne voulait pas capituler aussi vite, je lui raconterai comment le propriétaire de son gîte préféré trouve ses partenaires d'une après-midi.
Il allait poser ses mains sur ses hanches :
—Nous pourrions le prolonger...
Rose ouvrit la porte :
—Christophe, tu auras tout le temps demain pour montrer le jardin à madame ! Rentrez à présent, vous allez attraper mal.

Christophe se pencha sur la main de Maude, la baisa doucement. La jeune femme tressaillit.
—Je crains de ne pas avoir assez de chambres de libres. Nous attendons des arrivants pour ce week-end. Je te cède mon lit, ma chère.
Elle le considéra un moment :

—Je ne répugne pas à le partager avec Christian, lui chuchota-t-elle à l'oreille.

Rose, qui les observait derrière les rideaux, poussa un soupir :
—Ces deux-là ont l'air de bien corder... Si seulement ça pouvait dérider mon Christophe...

André considérait Marion, la bouche ouverte.
—Mais, n'êtes-vous pas la dame des Hortensias... Ça alors ?
—Oh ! Et vous, le jeune homme d'en face ? Oh ! Comme je suis heureuse de vous parler enfin ! J'en ai envie depuis des mois ! Vous me faites penser à mon petit-fils Landry...
—Je suis surpris et ravi de vous trouver ici ! Vous prenez des vacances...
—Eh bien, si l'on peut dire... Un étrange concours de circonstances... Je ...
—Ne dites rien...
Il l'embrassa sur les deux joues.
—Et Christophe est votre frère...
—Et vous aussi, Marion, dit-il en serrant sa main, vous êtes de ma famille..
Mme Lasparède en fut émue aux larmes.
« *Merci mon Dieu pour ces merveilleux moments...* »

10

Marion s'assit d'un coup dans son lit, regarda autour d'elle et l'espace de quelques minutes, s'effraya de ne rien reconnaître. Non plus l'écœurante odeur de café réchauffé qui d'ordinaire se répandait dans les couloirs des Hortensias quand on préparait les petits-déjeuners. Tous ces bruits qui ressemblaient à ceux de l'hôpital, ces enjouements de façade des conversations matinales.
« *Ils ont tous disparu ! Bon débarras !* » lui souffla une maligne petite voix.

Soudain, elle se souvint qu'elle n'était plus aux Hortensias, qu'elle avait merveilleusement dormi comme ça ne lui était pas arrivé depuis des années. Elle réalisa qu'elle avait repris ses esprits sans cette angoisse qui ne la quittait pas depuis la disparition de Landry. Tout à fait comme si une nouvelle certitude lui disait qu'il n'était pas loin d'elle, et bien en vie.

Elle soupira d'aise, fit sa toilette avec soin, regretta de ne pas avoir emporté une tenue de rechange. De toute façon, sa garde-robe abandonnée à la maison de retraite était bien indigente et passée de mode, mais enfin, un peu de fantaisie ne fait pas de mal.
Elle aurait aimé faire honneur à ses hôtes. Pour tout luxe, elle mit un collier de corail qu'elle avait longtemps porté autrefois et dont elle ne parvenait pas à se défaire.

Le seul colifichet emporté, avec un joli foulard Hermès que son mari lui avait offert dans les années soixante, lorsqu'ils étaient fiancés. Son seul trésor. « *Je pourrais toujours le revendre...* »

A la cuisine, elle trouva Rose qui épluchait des légumes, conversant avec Aurélia qui faisait déjeuner son petit Jonas, et le commandant Abréal. Tous lui firent fête, s'empressèrent de lui ménager place à table et de la servir. Jonas répondait à ses mots affectueux avec le plus délicieux des sourires, apparemment ravi de cette nouvelle compagnie.
—Il a dormi comme un ange et moi aussi ! informait Aurélia. Je suis si contente de me trouver ici avec vous tous ! J'ai l'impression d'être en vacances ! Mais Rose, je vais vous aider pour le service et le reste.
—Tu es bien gentille ! Mais profite un peu du bon air, d'abord ! Le commandant Abréal souhaite faire une promenade ! Tu verras comme les collines sont belles en ce début d'automne. Peut-être bien que vous trouverez Christophe et André en route, ils sont partis au marché de Livron tôt ce matin. Aurélia, ma belle, tu mets le petit dans sa chariote, et vous nous revenez pour le midi, avec de belles couleurs et un solide appétit ! C'est tout ce que je vous demande ! Nous nous débrouillerons bien nous deux Mme Lasparède ! Pas vrai, Mme Lasparède !
—Oh ! Ce sera une grande joie, à condition, Rose, que vous m'appeliez Marion comme tout le monde ici ! J'ai dormi bien tard ! Ce n'est pas dans mes habitudes... s'excusait-elle.

—Va pour Marion ! Eh pardi ! Vous n'avez pas de train à prendre, ce me semble ! Mais reprenez donc des tartines et du café ! Vous avez petite mine !

Tout en bavardant et rangeant la vaisselle du petit déjeuner, Rose et Marion regardaient par les vitres de la cuisine, s'éloigner Aurélia et le commandant Abréal. Ils avaient renoncé à promener l'enfant dans sa poussette devenue trop petite pour ses deux ans et demi. D'ailleurs, Jonas avait tout de suite montré avec véhémence, des velléités de se dégourdir les jambes. Abréal déclara qu'il prendrait le bambin sur ses épaules lorsqu'il serait fatigué. Aurélia était ravie. Il y avait des mois qu'elle ne s'était promenée dans la campagne avec son fils. Même si la présence du gendarme qui en imposait, l'inquiétait un peu, elle se sentait protégée, et comme si ces bons moments légers abolissaient toute inquiétude.

La jeune femme avait pu joindre Marcel à l'hôpital. Il allait bien, hormis des contusions, et la lèvre et l'arcade fendues.
—Je suis cause de tout ça, mon pauvre Marcel...
—Veux-tu bien te taire ! Greg et se lieutenants m'ont demandé où tu étais, j'ai dit que je n'en savais rien, que je n'étais pas ta mère, et que c'était la période de tes congés, et que tu les passais à ta convenance. Je pense que Greg se serait contenté de ma réponse, mais ils avaient une teigne avec eux, un jeunot antipathique comme tout, avec lunettes et casquette, une sorte de

marlou à qui je ne prêterais pas mon porte-monnaie ! Comme dans les films, il a commencé à casser des bouteilles, tu sais ... Je ne sais pas si Greg cherche son magot, mais il va devoir casquer pour les dégâts ! Il y aura un procès de toute façon, il ne va pas s'en tirer comme ça...

—Marcel...
—Allez petite ! Je suis content que tu sois à l'abri avec ton fils. Et puis, Greg ne se représentera pas de sitôt. Ou s'il se présente, il aura un comité de réception. Mon neveu Francis, qui est champion de lancer de marteau, descend de Paris pour me donner un coup de main. Les assurances vont bien me rembourser et ça me fera des vacances de tout remettre en ordre. Je t'envoie de l'argent aux Bergerets dès lundi.
—Marcel, tu as assez donné pour moi et Jonas !
—Laisse faire je te dis ! Ça me fait plaisir.
—Il y a autre chose... Il se peut bien que mes parents débarquent un de ces matins... Je ne leur ai rien dit pour mon départ.
—Ne t'en fais pas. Je les garderai jusqu'à ce que tu aies pris une décision.
—Marcel, comment j'aurais fait, si tu ne m'avais pas tendu la main...
—Allez, tu es comme ma fille. Arrête ça ! Ça me fait plaisir, je te dis. Dis-moi, vous n'avez pas été inquiétés, en route ?
—Non. Nous sommes arrivés tous quatre à bon port. Mais en route, on a préféré s'enfiler dans les terres et

camoufler la voiture dans les pêchers, vers le Creux de la Thine, pendant que les motos passaient. On les a bien entendues... On n'en menait pas large... Et figure-toi qu'à ce moment, j'ai vu qu'il n'y avait pas de lumière à la maison de Jeannot la Pêche. J'ai trouvé que c'était bizarre. Et hier soir, un commandant de gendarmerie qui passe le week-end au gîte, nous a appris qu'il était mort.
—Oh ! Jeannot la Pêche ! Qu'est-ce que tu me dis là ?
—Le pire, c'est qu'il a été assassiné ! Ils l'ont battu, et pour finir, lui ont tiré une balle.

Aurélia entendit Marcel siffler entre ses dents.
—Qui ça, *on* ?
—Les gendarmes cherchent...
—C'est vrai qu'il vivait bien isolé dans sa petite maison. Mais bon, pour le trouver, il faut déjà connaître... Bon, je te rappellerai quand je serai rentré à la maison. Fais attention à toi, ma petite.
—Marcel, prends soin de toi ! Il arrive quand, ton neveu de Paris ?
—D'ici deux jours, je pense. Ah, au fait, tu n'as pas dit à la nounou où tu étais ?
—Non... Tu penses qu'elle serait en danger ?
—Je ne crois pas qu'elle risque gros. Mais c'est bien possible que Greg se renseigne, et Mme Loiseau, elle aime bien les sous... Allez, je te laisse, fais attention. Tu vas me dire, les cognes, tu sais comme je les aime, mais en fin de compte, je suis rassuré de savoir qu'il y a un gendarme aux Bergerets...

Les collines se paraient lentement des couleurs de l'automne. Les petites feuilles des chênes gardaient encore des gouttes de rosée, et la campagne sentait l'humus, le thym et le champignon.
Jonas s'émerveillait de toutes ces richesses de la nature, aurait voulu cueillir un énorme bouquet pour sa maman, choisissait les feuilles tombées les plus lumineuses, voulait s'emparer des belliqueuses cardères bordant les chemins.
Puis il choisissait de beaux cailloux du chemin, blancs et sculptés harmonieusement comme des coquillages. Le panier prêté par Rose s'emplissait à vue d'œil. Plus haut, quand les sapins s'épaissirent, Abréal trouva des bogues de châtaigne qui ne voulaient pas se laisser saisir, laissant dépasser leurs fruits brillants et ambrés, et Jonas criait de joie, voulait les saisir aussi, piquait ses petites mains, mais têtu, il y revenait, s'entêtait à vouloir en rapporter à la maison.
—Laisses-en un peu pour la prochaine fois ! riait Aurélia. Et regarde ! Les mains du commandant sont toutes piquées ! Puis ils montèrent un peu plus dans la colline, montrèrent à Jonas les éoliennes énormes qui tournaient au loin dans la végétation sauvage, comme des vaisseaux extra-terrestres.

—Rentrons, si vous le voulez bien, je crois que Jonas est fatigué.
Abréal le souleva comme un fétu de paille et le petit, les bras passés autour de son cou, sa joue comme une

pomme appuyée aux cheveux du gendarme, ferma bientôt les yeux pour une sieste matinale.
Ils redescendirent en silence vers le groupe de bâtisses des Bergerets.

—J'ai perdu l'habitude de marcher en dénivelé...disait Aurélia. Je me rouille...
—Eh oui, quelquefois, le travail nous tient dans une routine qui nous empêche de penser à notre bien-être. Puis-je vous demander quel est votre métier ?

Aurélia hésita un peu :
—Je suis serveuse. Je suis originaire du nord de la France. Nous venions en vacances dans la région, mes parents et moi, et j'ai décidé de poursuivre mes études dans le sud. Je logeais en auberge e jeunesse, et l'été, je faisais les fruits. Ensuite, j'ai décroché mon diplôme et j'ai travaillé tout de suite...
—Vous étiez serveuse ?
—Non... J'étais secrétaire puis, il y a eu une vague de licenciements et j'en faisais partie. J'ai pris ce qui s'est présenté, dans un restaurant de la Nationale 7, vers Salaise-sur-Sanne.
Abréal s'arrêta net et Jonas, qui avait croisé ses petits bras sous le menton du gendarme, grogna un peu.
—Vous ne travaillez pas chez Marcel, tout de même ? Vous savez qu'il y a eu du grabuge dans son routier, hier soir ?

« De toute façon, il serait vain de mentir. »

—Oui...
—Vous étiez présente, quand la bagarre a démarré ?
—Non... je venais de partir. Je ne l'ai su que plus tard, lorsque j'ai voulu appeler Marcel. Il est comme un second père pour moi. C'est un pompier qui m'a répondu. Puis j'ai appelé ce matin, Marcel va mieux...
—C'est bien... Dites-moi, vous savez sans doute ce qui a déclenché cette bagarre. Ou encore, qui l'a déclenchée... De toute façon, Marcel va être interrogé par mes collègues de Péage-de-Roussillon... Donnez-moi votre version.

Puis après un silence :
— Qui fuyez-vous, ou quoi ... Melle Aurélia...
—Mais je ... C'est pour me poser des questions que vous avez voulu faire cette promenade avec moi ...
Elle jeta un regard de tendresse à Jonas, tout endormi, pour qui cette jolie promenade était, et serait bien certainement, un enchantement pour toujours. Pourquoi ce gendarme venait-il rompre le charme ? Tous les hommes la trahiraient-elles donc toujours ?

Comme s'il eut saisi ses pensées, Abréal qui avait repris sa marche, s'arrêta et posa sa main sur son poignet :
—Ecoutez, Aurélia, ne vous méprenez pas. Même si j'ai tendance à décrocher difficilement de mon métier, il m'a permis de développer tout au long des années, une solide intuition et pour cela, je lui en suis reconnaissant. Ce que vous nous avez dit, hier soir : votre arrêt dans les pêchers, non loin du Rhône, - et même si je ne suis pas

dans la région depuis très longtemps, j'ai fini par connaître ces contrées : il faut les avoir vraiment bien sillonnées pour s'y retrouver ; et il y a plus simple pour soulager un besoin pressant. Mme Lasparède a très obligeamment volé à votre secours. Mais dites-moi la vérité. Je ne veux que votre bien ! Il se peut que vous soyez en danger !
—Je ne veux que votre bien ! J'ai entendu ça toute ma vie ! Tous les hommes m'ont dit ça ! Et voilà où j'en suis !

Aurélia s'était exprimée si fort que Jonas s'éveilla et la considéra avec inquiétude. Elle courut l'embrasser.
—Mon petit homme... Toi, tu es le soleil de ma vie...

On apercevait les toits roses des Bergerets fumant sous le soleil de midi d'Octobre.
—Et votre ami Charly ?
—Eh bien, mais, c'est mon ami, comme vous le dites. Si vous saviez combien de fois il m'a sortie de situations compliquées ! C'est grâce à lui que j'ai trouvé ce boulot chez Marcel ! J'étais entrée dans un bar en arrivant de Lille, et j'ai pris un café. Charly m'a dit que Marcel cherchait quelqu'un, et voilà...
—Et... Mme votre tante ?
—Ma tante Marion a su que mes parents vont venir me voir à la mi-octobre, et en profité pour descendre de ... Vienne, où elle réside. Vous voulez savoir autre chose, commandant ?

—Oui... Ce qu'il s'est réellement passé hier soir chez Marcel... Et en quoi Greg le motard représente un danger pour vous... Voici ce que je pense : vous rouliez en direction des Bergerets, et comme vous connaissez bien la contrée, vous avez pris un petit chemin menant dans les pêchers : le temps que vos poursuivants soient passés. Et ces poursuivants étaient bien évidemment Greg et sa bande. Je me trompe ?

Aurélia prit une longue inspiration, et raconta. Tout ce qu'elle s'était promis de garder secret. Elle raconta même Olivier, sa disparition, et cette soirée d'abandon à l'horrible Greg, pour de l'argent. Abréal écoutait sans l'interrompre, puis.
—Donc, si je comprends tout, Greg n'est pas seulement sensible à vos charmes. Il pense que vous savez où est l'argent que le père de votre fils est censé lui devoir... Que savez-vous de cet argent ? D'où vient-il ?
—Mais je ne sais pas...fit Aurélia, visiblement désemparée. Olivier ne trempait dans aucune affaire louche.
—Vous savez, le plus souvent, ce sont les personnes qui nous sont le plus proches, et que nous croyons parfaitement connaître, que nous connaissons le moins.
—Non ! Je n'ai pas pu me tromper sur Olivier! Je suis sûre qu'un jour, je comprendrai pourquoi il a disparu ! Je suis certaine qu'il voulait me protéger !

Abréal ne répondit pas. Jonas alla du plus vite qu'il pouvait jusqu'à la cuisine. Rose et Marion s'extasièrent.

Elles préparaient des gratins, André et Christophe apprêtaient des rôtis, et Maude dressait le couvert.

Tout fier, Jonas montrait ses trouvailles de la forêt, exprimant sa joie dans son savoureux jargon d'enfant. Chacun y alla de son admiration. Abréal montrait les châtaignes:
—Voyez ces merveilles de la colline, que Mr Jonas a dénichées !
L'enfant, au centre de l'attention générale, battait des mains. Mais Charly avait fabriqué une balançoire et l'enfant fou de joie, voulut immédiatement l'expérimenter.

Un vinyl de Jean Ferrat et Christine Sèvres tournait sur un pick up des années 60, et Rose et Marion entonnaient en chœur « *La matinée s'achève* ». En quelques heures, les deux femmes étaient devenues les meilleures amies du monde. A telle enseigne que Marion confia à Rose l'incident des lettres reçues aux Hortensias. Marion ne se reconnaissait plus. Elle si discrète, qui gardait tout pour elle, voilà qu'elle racontait le plus secret de son cœur, ce qui faisait tout son trésor, toute sa vie, elle le livrait à des inconnus.

Mais depuis la veille, rien n'était plus pareil, décidément. Et tout semblait se passer à merveille, puisque leur petit groupe avait échappé à Greg et ses horribles sbires, que ces derniers ne s'étaient plus manifestés.

Huguette Longevert, à qui elle avait téléphoné ce matin sur l'insistance de Rose, - Marion avait expliqué son équipée, ce qui d'ailleurs réjouit beaucoup l'intendante -, Huguette Longevert, donc, expliqua à Marion avoir rigoureusement récité sa leçon, et le directeur n'avait rien trouvé à y redire. Interrogée sur la durée de l'absence de Mme Lasparède, Huguette ne s'était pas démontée et affirma que la pseudo-cousine de Marion venue la chercher, comptait bien la garder plusieurs semaines.
—Ah ! Marion ! Comme je suis soulagée de vous entendre ! Si vous saviez, je n'ai rien dormi de la nuit !
Marion sourit. Mme Longevert jouissait d'une rare faculté de s'endormir vite et profondément, qu'aucun tremblement de terre n'aurait pu troubler.
—Mais où êtes-vous donc ! Dieu, que je suis excitée !
—Gardez tout cela pour vous, bien évidemment ! Je suis ... Mais je ne vous dis rien au téléphone... je vous écrirai... Tout va bien, je vous rassure...
—Mais … quand pensez-vous revenir ?
—Vous avez bien fait de compter large pour le directeur ! Car vraiment, je n'en sais rien.
—Sans vouloir vous offenser, il n'a pas semblé en être chagriné outre-mesure...
—Évidemment, je ne peux plus le payer et il ne sait pas comment se débarrasser de moi ! Bon, je vous laisse et je vous embrasse, ma belle Huguette ! A très bientôt ! Prenez soin de vous !

—Et vous aussi, ma petite Marion ! Oh ! Que je suis contente ! Quelle aventure ! Ah ! Vous me faites revivre ! La vie est belle !

« *Mon Dieu, Merci ! Vous avez changé ma vie ! Et aussi celle d'Huguette ! Merci ! Merci ! Merci !* »
« *Garde ton enthousiasme, Marion ! Il va t'en falloir encore..* »
Marion tressaillit :
—Que dites-vous mon Dieu ?
Mais Il ne répondit pas.

—Vous m'avez parlé, Marion ? dit Rose qui entrait dans la salle où se trouvait l'appareil téléphonique. Vous avez pu avoir votre amie ?
—Oui, je vous remercie beaucoup ! Je vais vous payer la communication, ça sera toujours ça de fait !
—Mais oui, sûrement ! clamait Rose. Continuez comme ça, et Christophe va se fâcher tout rouge !
A onze heures, devant un petit verre de porto, Rose se laissa aller à quelques confidences :
—Vous ne savez pas, Marion ? Vous avez apporté des miracles dans cette maison. Jusqu'à hier, je me faisais un souci monstre pour notre Christophe, rapport à sa femme, Sylvaine, que je crois bien qu'ils vont se séparer. Et ce matin, le voilà qui sifflote. Et ce n'est pas seulement parce qu'André est là... Bien que ces deux-là s'aiment beaucoup... Non, mais écoutez donc...
Elle se penchait vers Marion :

—La petite Maude, je l'ai vue qui sortait de la chambre de Christophe, ce matin...
Elles se sourirent.
—Mais, je croyais que Maude était la compagne d'André ?
—Pensez-vous ! Ils sont venus dans la même voiture, parce que la petite avait fait tomber ses clés dans un container à linge, hier soir, vous savez, en bord de nationale, et André s'est arrêté avec son fourgon, et l'a aidée à les retrouver ! Ensuite, il a été livré puis d'après ce que j'ai compris, il a laissé le fourgon sur place, et il est revenu dans la voiture de la petite ! C'est pour cela, qu'ils sont arrivés ensemble !

—Ah ! Ça ! s'écriait Marion, rêveuse, repensant à la scène de la veille : cette jeune femme qu'ils avaient aperçue auprès du container, et que Charly avait mise en garde...
—Ça alors... Comment est-ce possible...

11

Et dire qu'hier, j'étais triste à mourir en pensant à Sylvaine et aujourd'hui, il a suffi d'une nuit, et il me semble que son image s'estompe. Les hommes sont donc bien inconstants, les femmes ont raison. Je ne sais pas si je dois m'en effrayer ou m'en satisfaire...

Mon Dieu... Quelle extraordinaire coïncidence. Il a suffi d'un trousseau de clés pour que l'inconnue de l'après-midi avec qui j'avais pris beaucoup de plaisir, c'est vrai, devienne ma merveilleuse maîtresse de cette nuit. Qu'elle vienne à moi, chez moi ... Quel feu d'artifice, quel jouissance, quelle communion de nos corps ! Oui, il y avait bien longtemps que je n'avais pas joui comme ça. Même avec Sylvaine, c'est vrai, c'était quand même bien avec Sylvaine. Quoique... J'ai honte. Je finis par ne plus bien me rappeler avec Sylvaine... Ça fait donc si longtemps... »

« ...Bon, s'il n'y avait pas cette histoire de livraison au Pridou Discount, tout irait pour le mieux. J'espère qu'André ne s'est pas fourré dans une histoire louche... Mais il n'a pas l'air spécialement stressé. Même plutôt content ! Et moi, je suis content de le savoir avec moi. Et content aussi que Charly soit resté pour veiller sur les dames avec Abréal. On ne sait jamais. Si les motards rappliquaient... Non... Ce serait déjà fait... Ils doivent avoir leur réseau de renseignement... André me parle...

—Que dis-tu ?
—Dis donc, tu n'a pas perdu de temps avec Maude... Tu peux rire... Je t'amène de pauvres âmes en détresse, et elles paient d'avance leur séjour en nature ! Je ne savais pas que ça se passait comme ça aux Bergerets !
—Mais non, ce n'est pas si simple... Je t'expliquerai, petit frère... Un vrai roman...
—Mais oui, c'est ça ...

Ça me plaît de voir mon grand frère Christophe rire aux éclats. S'il n'y avait pas cette nuit, avec le fourgon... Cette histoire de motards, et l'assassinat de ce pauvre Jeannot la Pêche, c'est triste tout de même... Entre Christophe et Maude, si ce n'est pas un coup de foudre, ça y ressemble bien... D'ailleurs, nos pensées se rencontrent...
—Tu sais, André, je ne te dis pas ma surprise offensée, quand je t'ai vu avec elle hier soir. L'après-midi, nous avons eu une conversation un peu vive avec Maude, à Romans. Je pensais sur le moment, que cette femme était une professionnelle ou une occasionnelle, elle avait l'air tellement paumée... et j'ai cru, en te voyant avec elle, qu'elle amenait un autre homme aux Bergerets...
—Ben non... Tu vois, c'est un pur hasard...
—C'est drôle, quand même... Et Marion ! Tu me dis que cette dame est pensionnaire d'une maison de retraite en face de chez toi ? Mais tu es chamane ou quoi ?

—Mais je suis aussi interloqué que toi, figure-toi ! Comment voulais-tu que je devine...

Ils goûtaient le vif plaisir d'être ensemble. Le temps devenait dense, rien ne comptait plus que le moment présent, le soleil dorant peu à peu les collines environnantes, laissant augurer une journée de miel, de ces belles journées dorées, le prolongement d'un été qui ne veut plus finir.

Ils arrivaient au marché de Livron. Christophe y prenait ses légumes, ses fruits, ses fromages et son vin.
—André, tu nous ferais un crumble pour ce soir, avec tous les fruits de saison ?
—Bien volontiers ! J'ai d'autres recettes en magasin, si tu veux, et si Rose est d'accord pour qu'on investisse sa cuisine.

—André, pourquoi tu ne resterais pas ? Le temps que tu voudrais ! Je ne veux t'obliger à rien ! Mais tu es drôlement doué au fourneau ! Le temps est peut-être venu de changer ... Tiens ! Regarde ça, André, des truffes... Elles sont petites mais merveilleusement parfumées. J'en prendrais bien un peu. Je te présenterai un voisin des Bergerets qui connaît les bons endroits. Si tu restes quelques jours, bien sûr !
Christophe se répétait. Il s'en voulait d'insister, mais il n'envisageait pas non plus qu'André reparte. Pas tant pour sa satisfaction personnelle. Pour ce frère qu'il sentait comme lui lié à la terre de leurs aïeux ; il n'y

avait qu'à le voir flâner entre les étals des marchands comme chez lui, respirer le basilic, les grosses tomates belles à éclater, le thym et la muscade. Il soupesait, choisissait, tout à son affaire.

« Il lui faudrait une femme. Une belle fille du cru. Ça le centrerait. Il arrêterait de courir partout, dans tous les sens. Et moi, je suis comme lui. Enfin, j'étais... Cette Maude...Comment une rencontre furtive peut-elle changer une vie... »

—J'attends un max de monde dans les semaines qui viennent, exposait Christophe. Des personnes qui viennent notamment pour la table. Oui, je vais prendre des truffes pour mes terrines. Tu m'écoutes André ?

Ah ! Comme j'aime ces moments... Comme j'ai bien fait de venir... Comme j'aime cette région. J'ai l'impression de revivre. Je crois que je vais m'y établir. Je résilie mon bail, et en avant ! Je trouverai toujours des petits boulots. Christophe a raison... Ces coïncidences sont vraiment troublantes.... Maude... Marion... Maude l'amie de Luce... Qu'avons-nous à vivre ensemble ? Que devons-nous apprendre de cette situation étrange ? Quel chemin devons-nous suivre ? Comme Christophe semble à son affaire ! C'est le bonheur parfait ! Sauf cette histoire de fourgon... Comment ça va se terminer tout ça...Oh ! Et puis, j'ai fait la livraison... Qu'Emile se débrouille maintenant ! Si les motards ont piqué le fourgon et les colis, ce n'est pas mon problème ! Qu'est-ce que j'y pouvais ? Et puis d'ailleurs, Emile s'était peut-être arrangé avec eux... Peut-être... Sûrement même... Et si ça se trouve, ça ne date pas d'hier... Si ça se trouve...

—Tiens, sens moi ça ! Si ce n'est pas un prodige de la nature, des truffes pareilles...
—Oui... Quel bonheur... Tu vas nous faire des merveilles avec tous ces bons produits...
—On passe à la cave et on rentre. Tu n'as pas l'air bien... A quoi penses-tu .. Ecoute, André, j'ai réfléchi, il faut que tu parles à Abréal, au sujet de ces motards et de ton fourgon. Je trouve que c'est limite comme situation, non ? Si j'ai tout compris, tu l'as échappé belle...
—Je n'en sais rien. Évidemment, je me pose des questions, mais qu'est-ce que je peux lui dire à ton commandant ?
—Ce que tu m'as raconté. Imagine que ton Emile Cachaud soit *chelou ?*
—Maude m'a dit la même chose hier soir ! Elle m'a dit, avec un nom pareil, ça n'augure rien de bon... décidément, vous êtes sur la même longueur d'ondes. De fait, je me demande si l'Emile n'utilise pas ses chauffeurs pour un trafic pas joli joli...
—Et ce chauffeur-livreur, mort par balle, comme Jeannot la Pêche... Allez, viens, on aura l'occasion de faire d'autres marchés ensemble, si tu le souhaites. Mais là, on ne va pas trop s'attarder... Il ne faudrait pas que tes motards se pointent au gîte.

—En tout cas, ça ne serait pas de mon fait. Je n'ai jamais dit à personne que tu es mon frère, et que tu tiens les Bergerets.

Abréal, son verre de kir à la main, attendait que la brigade réponde. Ce fut la lieutenante Miranda Saint-Joseph qui prit la communication, et c'était exactement à elle qu'il voulait parler.
—Miranda, que faites-vous ce week-end ?
—J'accompagne mon fils chez son père, enfin, s'il veut bien le garder. Je voudrais faire des courses et ranger la maison tranquillement.
—J'aurais un autre programme, si vous l'acceptiez.
—Je vous écoute...
—Je suis au gîte des Bergerets, pas loin de Livron, sur le hameau des Vollanes. J'y passe le week-end, mais il y a des choses un peu bizarres qu se trament alentour. J'aimerais que vous me rejoigniez. Sans doute ne se passera-t-il rien d'embêtant, mais bon... On ne sait jamais.

—Et vous voulez que je vous rejoigne ?
—Ce serait bien. Il y a ici une jeune femme avec un petit comme le vôtre, et une dame plus âgée, et ces deux âmes ont l'air de crouler sous les mystères. Une femme serait toute indiquée, pour les confesser un peu...
—Mais qu'est-ce que je fais de mon gamin, si son père ne peut pas s'en occuper ?
—Eh bien mais... Vous l'amenez. Il se fera un copain !

—OK, ça roule, commandant. Va pour les Bergerets. J'en entends toujours dire du bien, je vais expérimenter sur place.
—Vous êtes mon invitée, bien sûr. Ah ! Pourriez-vous jeter un coup d'œil au dossier de Greg le motard, Gregory Canot, pour l'état civil. Sa vie, son œuvre. Et m'apporter aussi le rapport de l'assassinat de Jean Vaillant, dit Jeannot la Pêche. Venez pour le déjeuner, si vous pouvez !
—Parfait ! Avec plaisir ! A tout à l'heure, commandant !

Lorsque Christophe et André parvinrent aux Bergerets, Charly accourut à leur rencontre.
—Rose est descendue aux Vollanes chercher de la crème à la ferme. Elle a vu deux motos garées au café Lapy. Et deux types louches qui prenaient l'apéro en terrasse. Je ne sais pas si vous êtes au courant, mais... Hier soir, il y a eu du grabuge chez Marcel où travaille Aurélia. Les hommes de Greg le motard ont tout cassé, et s'en sont pris au patron. C'est pour ça qu'on est venus ici... Aurélia a tout raconté au commandant Abréal ...
—Je suis au courant, en gros... André, tes motards sont sûrement les mêmes que ceux d'Aurélia... Je crois qu'il faut vraiment parler à Abréal. Charly, ces loustics vous auraient repérés ?
—Impossible ! On s'était cachés dans les pêchers au bord du Rhône, c'est compliqué pour s'y retrouver. D'ailleurs, on les a entendus qui se dirigeaient vers le sud.

—Ou bien, toi, André ?
—Non, franchement, je ne crois pas. J'ai garé le fourgon derrière le discount, comme prévu. Le patron ou un autre livreur le récupère le lundi. Je fais souvent comme ça, à la veille d'un week-end. Les manutentionnaires finissent plus tôt, et les entrepôts sont fermés. Sauf que d'habitude, je déballe la came. Là, Emile Cachaud m'avait dit de tout laisser comme ça, les cartons dans le camion. »
« C'est là que j'ai entendu arriver des dizaines de bécanes qui se dirigeaient vers le discount. Je me suis dit, c'est peut-être un rendez-vous de dealers, pas la peine de traîner... J'ai suivi à la lettre les instructions du patron, et puis, basta ! Après, ça ne me regarde plus. D'ailleurs, on ne me l'envoie pas dire. Je n'en demande pas plus.
—Après... dit Charly, ce ne sont pas les motos qui manquent dans le coin. Il y a beaucoup de touristes motards ! S'ils avaient des intentions louches, ils ne prendraient pas tranquillement l'apéro au vu de tous...
—Tu as sans doute raison, Charly, mais je le répète, on va tout de même faire le point avec Abréal...
—Je dois vous dire... Je suis descendu aux Vollanes à mon tour, expliqua le garçon. Les deux gonzes étaient encore au café. Rien ne manquait à leur panoplie du parfait motard, mais leurs machines n'étaient pas près d'eux. Ils avaient dû les planquer. Prudents, les mecs ! Je me suis déguisé en plante verte, et je leur ai tiré le portrait, ça peut peut-être servir... Quoique... Avec des casquettes et des lunettes...

— Bravo Charly !
—Heu... On est détective privé ou on ne l'est pas... riait Charly, rouge de confusion et d'excitation.

12

—Miranda Saint-Joseph... Quel magnifique patronyme ! Et être mutée dans notre belle région des Côtes-du-Rhône, avouez que ce n'est pas commun !

Riant de toute sa belle bouche, le lieutenant ne se formalisa pas.
—De fait, Christophe, arriver de Guadeloupe et se retrouver ici, en merveilleuse compagnie qui de plus est ! Peut-être le destin m'y a-t-il envoyée pour retrouver mes racines... Ma grand-mère maternelle était originaire de la Drôme provençale !C'est peut-être pour cela qu'elle a épousé un homme qui portait un nom de bon vin !

Tous étaient réunis autour de la table, sous la tonnelle. La chaleur étaient très forte malgré une brise parfumée qui faisait chuinter les branches des oliviers. Rose et Christophe avaient proposé de déjeuner dehors, sur la terrasse du vieux mas ombrée de sa sculpturale glycine, avec en ligne de mire les moutonnantes collines de la Drôme provençale.
Le soleil était si bleu qu'il en paraissait violet. Les convives faisaient honneur aux terrines de Rose, à tout un festival de salades croquantes accompagnant des soufflés aux fromages. Il y avait aussi de merveilleux gratins de potirons, des crêpes à la farine de châtaigne,

de la crème du hameau des Vollanes et bien sûr, des vins fruités de Tournon, sans oublier le Saint-Joseph, mis sur la table pour célébrer l'arrivante.

Dieu, qu'elle est belle ! Cette peau sublime, ambrée, appétissante. Cette jolie taille, cette voix bien modulée. J'en perds la parole. Je n'ai rien su lui dire tout à l'heure que « *Bonjour monsieur... Mon pauvre André, tu as pris un coup de chaud... A quoi elle a répondu avec grâce :* « *Depuis un certain nombre de décennies, monsieur, il y a à présent des femmes dans la gendarmerie. Et moi :* »*Madame, pardon. Je dis des sottises. Je m'appelle André*» »*Et moi Miranda. Appelez-moi Miranda, si vous voulez. Et ce petit bonhomme-là, c'est Gabin, mon fils*»
Décidément, à vivre en ermite, je ne sais plus me conduire avec les femmes... J'ai l'air d'avoir quinze ans.... D'ailleurs, j'ai quinze ans ! Je rougis ! Je bafouille ! Et regardez-moi Christophe qui rit sous cape !

—Quel calme... soupirait Miranda. Je suis ravie d'être ici. Et Gabin aussi !
Les deux bambins avaient rapidement expédié leur repas pour s'installer dans l'aire de jeu et n'en plus bouger. Ils pépiaient à qui mieux mieux dans leur langage enfantin, avaient investi la cabane des lutins après s'être approprié la balançoire en forme de bateau réalisée par les mains ingénieuses de Charly.

La conversation des adultes roula inévitablement sur les événements de la veille, chez Marcel et au Pridou Discount. André confessa précisément son emploi du temps et ses gestes depuis le départ de son domicile jusqu'à sa livraison de télés. Aurélia, quant à elle, exposa les raisons pour lesquelles Greg la harcelait.

—Mais on ne sait pas, fit André qui avait retrouvé ses esprits le Saint-Joseph aidant, si mes motard du Pridou sont les mêmes que ceux d'Aurélia.
—Il y a de grandes chances, répondait le commandant. Il n'y a pas tant de gangs de ce genre, je veux dire avec autant de ramifications et de puissance, sur la Drôme et d'ailleurs en Rhône-Alpes-Auvergne en général.
Grégory Canot dit Greg est très bien conseillé, il gère un chiffre d'affaires très important et nous file régulièrement entre les pattes. Toujours à la limite de la légalité. Nous savons aussi qu'il voyait régulièrement Jean Vaillant, dit Jeannot la Pêche.
—Qu'en déduisez-vous ? demandait Christophe.
—Bah... Rien de précis... Jeannot n'était pas toujours très net. Il aimait bien les armes... Et c'est une arme qui a eu raison de lui... Il s'était engagé très très jeune dans le maquis, puis après... La guerre d'Algérie. Je ne souhaite pas salir sa mémoire, mais... Jeannot renseignait...
—... renseignait ? Qui cela ?
Christophe resservit Abréal d'alcool de poire. Aurélia, Rose et Maude resservait le café. Marion découpait la tarte aux prunes. Les petits accouraient pour goûter au

dessert. Miranda et Charly se penchaient sur l'ordinateur connecté sur le site de la gendarmerie.

—Allez savoir... Les agents sont presque toujours doubles...
—Vous pensez que Greg ou ses sbires auraient assassiné Jeannot? Mais pour quelle raison ?
—On ne sait pas. On a retrouvé sur la scène de crime quelques objets qui pourraient peut-être nous orienter vers l'homme ou ses acolytes. Mais on ne voit pas encore de mobile à cet acte... On a retrouvé de l'argent sous le matelas et dans les tiroirs. Donc, pas un crime crapuleux. Et puis, les gangs de motards ne sont pas des tueurs. Ils ne se salissent pas les mains... Ils respectent une sorte de morale, un code de l'honneur qui leur est personnel.

—Mais alors, pourquoi établir un lien avec Greg et sa bande, dans l'assassinat de Jeannot ?
—Eh bien, voici. Nous avons retrouvé sur le sol, non loin de la dépouille de Jeannot la Pêche, une boucle de ceinture Harley Davidson en bronze émaillée. Après recherche, c'est un colifichet que Greg se fait fabriquer à Los Angeles, pour une petite fortune.
—Dans ce cas, c'est étonnant que Greg, s'il est l'assassin, l'eût laissé sur place, marquant ainsi précisément son délit, fit timidement Marion, en passant une assiette de tarte couverte de Chantilly au commandant. Cela me paraît un peu téléphoné !

—Nous sommes parvenus à la même conclusion ! Nous allons vous enrôler, chère Marion.
Marion rosit de plaisir.
« *Chère Marion... Rien que pour ce « Chère Marion » dans la bouche de ce bel homme, j'ai bien fait de venir...* »

—Mais alors, si les deux types du café sont au hameau, commandant, c'est qu'ils ne sont pas là par hasard... s'exclamait Maude.
Aurélia qui faisait manger les enfants, s'interrompit, cuiller à la main.
—Qui cherchent-ils ? Moi ou...
—Moi... dit André.

—Ils ne me lâcheront pas... gémit la jeune femme. Tant qu'ils n'auront pas leur argent ! Mais comment leur expliquer que je ne sais rien de ce fric !

Miranda intervint :
—On les a, commandant ! Grâce aux photos de Charly... Avec leurs tatouages sur les bras, les services ont pu identifier les deux loustics. Effectivement, des hommes de Greg....Serge Marchand et Ilan Borel, fichés pour délits mineurs
Le silence se fit sur la petite assemblée. Miranda dévisageait son supérieur abîmé dans ses réflexions. Personne n'osait l'interroger. Mais pourtant, quoi faire, à présent ?

—Attendons de voir un peu... proféra finalement le gendarme. Miranda, vous appelez les brigades de Tain, Pont de l'Isère, Livron et Loriol, vous leur faites un topo : le cas échéant, qu'ils se préparent à envoyer des hommes sur site, en voitures banalisées, d'accord ?
—Bien commandant... Et nous, qu'est-ce qu'on fait ?
—On ne s'éloigne pas du gîte, au moins jusqu'à demain. Il faut savoir ce que ces hommes ont en tête. Qui sait ? Ils vont peut-être commettre l'erreur fatale …

Rose, qui desservait, fit la grimace :
—Oh ! De quoi vous parlez, commandant ? Moi je ne veux pas de crime dans la maison ! C'est une honnête maison ici ! Et les enfants ! Vous avez pensé aux enfants ?
—Ma chère Rose, il n'est pas question de transformer les Bergerets en Fort Alamo ! Il s'agit simplement de stopper les agissements de malfrats qui nous embêtent depuis un bon moment, et qui ne savent pas que nous savons... L'effet de surprise, chère Rose, l'effet de surprise...

Rose s'éloignait en maugréant, escortée par Marion qui l'aidait à emporter dans la cuisine les reliefs du dessert.
—Moi, je ne leur sers plus de Saint-Joseph ! décréta l'intendante. Il fait encore bien trop chaud ! Ça les rend tous fadas !Même le commandant, que je le croyais un homme normal et honnête !

—Christophe, vous avez de la visite...

Une longue voiture à ailerons, comme il s'en faisait dans les années cinquante, montait le chemin accédant au portail. Christophe mit sa main en visière.
—Oh ! La!la ! Les Winter ! Je les avais oubliés ! Mais ils ne devaient arriver que lundi, si je ne m'abuse !
—Quoi ? Les Winter ?
Rose venait de la cuisine en essuyant ses mains à son tablier :
—Tu penses, Christophe, avec ce beau temps !Ils n'auront pas hésité à descendre dans le midi !

—Vous n'avez plus de chambres de libres ? demandait Abréal.
—Oh ! Si ! Pas de problèmes de ce côté-là ! On leur réserve toujours l'annexe bleu lavande en haut du parc! Ils l'adorent ! La piscine, comment elle est la piscine ? André, tu peux t'en occuper ?
—Je viens t'aider, proposa Charly.

—Avez-vous besoin d'un coup de main Christophe ?
—Non, non, commandant... C'est juste que ces personnes sont des clients suisses... qui publient un guide des gîtes d'Europe : « *La ronde des gîtes* ». Ils ont été particulièrement élogieux pour les Bergerets à leur dernier passage, l'année dernière. Il y a que si les motards de Greg se pointent, les Winter ne reviendront pas, et au mieux, oublieront soigneusement de nous mentionner dans leur prochaine publication. Et nous avons une importante clientèle d'Europe du nord... Sans

parler de la cuisine ... Ce sont des gourmets... Il va falloir drôlement varier les menus, être créatifs !

—Pour ce qui est des repas, qui par ailleurs sont goûteux au possible, et je ne vois pas ce que vos éditeurs de guide trouveraient à y redire, je ne peux guère vous être utile. Mais pour ce qui des motards, ne vous inquiétez pas : le lieutenant Saint-Joseph et moi-même allons y mettre bon ordre. On ne laissera pas un gang de mobylettes nous gâcher la fête !
—Merci commandant !

Christophe rappela André :
—Laisse tomber la piscine, et fais-nous tes crumbles, si tu veux bien ! Mme Winter a le bec sucré !
—Je vais aider Charly pour la piscine, proposait Maude.
—Marion, si vous voulez me donner un coup de main, proposait Rose, nous allons voir si tout est OK dans la suite bleu lavande.
Elle appela Aurélia qui repassait dans la lingerie, avec les enfants non loin d'elle.

—Petite, laisse cela et si tu le veux bien, va en cuisine préparer de quoi pour les Suisses. Tu peux réchauffer les gratins, ils n'en seront que meilleurs ! Tu les mets dans les petits pots en faïence avec les cigales, compris ? Demande à André qui va se mettre dans la pâtisserie jusqu'au cou de te faire un peu de place !Et ... tu saurais faire un soufflé au fromage ?

—Je crois que oui ... Mais, je ne sais pas si ...Et... Et les enfants ? J'ai promis à Miranda de m'occuper du petit Gabin...
—Ecoute, ne te fais pas de bile, on emmène les minots avec nous autres, Marion et moi. Montre de quoi tu es capable ! Christophe ne s'en sort pas tout seul !
Elle lui décocha un clin d'œil et serra le bras de la jeune femme.
—Et pour le vin, Rose ? Le Saint-Joseph ?
—Ah ! Non ! Pas le Saint-Joseph ! Pour qu'ils aillent danser la gigue au milieu de mon jardin d'herbes aromatiques ! Non, non et non, ma belle ! Un petit rosé qui fait la fleur ! Ils trouveront ça joli et ça rafraîchit bien !Allez, zou !

Rose et son assistante veillèrent à ce que tout fut parfait. Rose tenait à sa « *suite* » comme s'il se fût agi d'un appartement d'un palace prestigieux et la nommait ainsi devant la clientèle, qui jugeait invariablement l'appartement du meilleur goût.
On montait pour y accéder quelques marches sous les ombrages des vinaigriers et des eucalyptus, et une fontaine à ressaut flûtait à droite de la porte, bleue elle aussi, comme les volets et les persiennes intérieures, à l'ancienne. « *C'est pour apporter l'amour et l'abondance* », exposait toujours Rose aux résidents, avant d'ouvrir la porte et de leur faire les honneurs.

C'est Sylvaine qui avait décoré les trois pièces composant l'appartement dans des tons de bleu, des cretonnes et des boutis de qualité, fabriqués et vendus par des artisans locaux. Il y avait de jolis meubles de mariage XVIIIe, des santons signés de grands noms.

Rose n'omettait jamais d'apporter une gerbe de lavande ou de genêts, de disposer une coupe de figues violettes bien juteuses, de pêches de vigne et un flacon d'eau fraîche et de vin rosé de San-Pantaléon-les-Vignes. Et dans la salle de bain, tout un assortiment de jolis savons et de lotions de fleurs régionales. L'idée, le mérite du raffinement en revenait à Sylvaine, mais Rose avait du mal à mentionner aux pensionnaires admiratifs, le rôle de la maîtresse de maison, à présent qu'elle se faisait plus rare.

La fidèle intendante en voulait à l'épouse de Christophe, d'avoir fait du mal à « *son petit* ».

13

Les Winter étaient ravis de se retrouver dans *ce petit coin de paradis aux portes de la Provence :* c'est ainsi qu'il décrivait les Bergerets dans leur guide touristique *« La ronde des gîtes »*, et ne s'aperçurent pas de ce que la lieutenante Saint-Joseph, en tenue de camouflage, juchée dans un arbre d'une proéminence rocailleuse du parc, explorait les alentours à l'aide d'une paire de jumelles.

Abréal de son côté, restait en contact avec les brigades de Valence, et celles des bourgs alentour comme Tain, Loriol, Livron ou Pont-de-l'Isère. On avait tracé Greg et ses motards. Après leur soirée en Avignon, les sbires du chef de bande firent un tour à Grignan, patrie de la Marquise de Sévigné, non loin de Montélimar. Pour ce qu'on en savait, cette promenade n'avait pas pour but de visiter le château de la célèbre épistolaire.

Le laboratoire de la gendarmerie s'affairait. On avait trouvé sur les lieux de l'assassinat de Jeannot la Pêche, un ADN inconnu au fichier central. Mais aucun de ceux de la plupart des sbires de Greg, tous plus ou moins fichés. Il fallait chercher ailleurs. *« D'un côté, tant mieux, supputait Abréal. Ça m'embêterait, qu'on ait affaire à des tueurs... Mais alors... Qui a trucidé Jean Vaillant, dit Jeannot la Pêche...»*

L'enquête n'avançait pas assez vite au goût du procureur. Les journalistes ne lâchaient pas les gendarmes de Valence en charge de l'affaire et principalement Abréal, dont les talents d'enquêteur était reconnus aussi bien par ses collègues que par le parquet.

C'est un peu pour cela qu'Abréal s'était réfugié aux Bergerets. Pour prendre du recul.
Mais on ne trouvait rien. Ni coupable, ni mobile... Non plus dans le crime du chauffeur-livreur.

« Il faut trouver les meurtriers, tout de même... Ça fait désordre un ou plusieurs tueurs dans la nature... Il y a trois jours à présent que le meurtre de Jeannot a été commis. Presque une semaine pour le chauffeur-livreur. Il ne faudrait pas que le ou les auteurs des crimes réitèrent leurs minables exploits. »
« Je ne sais pas pourquoi, je sens un rapport entre les motards, Jeannot et le livreur assassiné dans la zone commerciale de Livron... Mais a priori, rien ne le démontre. Encore une histoire de trafic, possiblement, dans le cas du livreur. Il faudra que je parle sérieusement à André. Il est peut-être en danger. ... Attendons le rapport de balistique : l'arme utilisée dans le meurtre de Jeannot, son fidèle fusil, va peut-être bientôt bavarder...»
Abréal rappela la brigade.
—Pouvez-vous me transmettre des renseignements sur Emile Cachaud, le transporteur ?

—Emile Cachaud, vous voulez dire le patron des Transports Cachaud ?
—Oui, oui, vous avez bien entendu. Regardez s'il ne se serait pas passé quelque chose, ces temps derniers, ou avant ?
—Quel genre de chose ?
—Tout... et n'importe quoi... Où son nom apparaîtrait...
—D'accord, commandant. On vous tient au courant.

—Rose prépare votre appartement, la chambre bleu lavande vous attend ! D'aussi loin que notre fidèle amie a aperçu votre voiture, elle s'est empressée d'installer votre petit nid préféré !

—Oh ! La suite bleu lavande ! s'écria Mme Winter sans malice. Comme c'est délicat de votre part ! Christophe, j'espère que vous ne nous en voudrez pas... Nous ne devions arriver que lundi, mais nous étions dans la région et avons prié les Anges de trouver une chambre de libre sous votre toit ! Nous aimons tellement votre accueil, et la vie ici est d'une essence si rare, si goûteuse !Chaque instant est un nectar !
—Nous apprécions tous beaucoup votre présence, dit Christophe sans flagornerie. Vous avez fort bien fait de venir directement. J'espère que vous n'avez pas déjeuné ! Nous allons vous installer sur la terrasse, et pour commencer, je vous propose de vous rafraîchir de kir au cassis d'Ardèche, en attendant votre repas.
Les arrivants acquiescèrent, visiblement ravis.

—Mais nous ne voyons pas votre charmante épouse...
—Sylvaine est retenue en Asie sur une très longue mission, comme souvent...
—Oh ! Je vois...

Alors que Christophe se demandait ce qu'il allait servir pour ce déjeuner un peu tardif, Abréal survint et Christophe fit les présentations. Le fait qu'un commandant de gendarmerie fût dans les murs sembla plaire infiniment aux Winter qui s'empressèrent de l'interroger sur son métier. La prestance d'Abréal, et le baisemain qu'il octroya à Mme Winter dans un joli mouvement d'élégance naturelle ne furent pas pour rien dans le climat de courtoisie qui s'instaura aussitôt. Sans oublier le kir bien frais, naturellement.

« Jusqu'ici, tout va bien... »
Christophe se précipitait à la cuisine, et demeura médusé sur la pas de la porte. Un magnifique crumble attendait sur le plan de travail, qu'on l'enfournât, mais laissait pour le moment place à un soufflé au fromage. Une jolie salade avec ses petites feuilles qui formaient comme un ravissant tableau d'automne, les burettes d'huile de Nyons se dorant dans un rayon de soleil, des tomates du jardin, petites et qu'on devinait juteuses à souhait, et aussi des tartines de la terrine de Rose... Christophe n'en revenait pas !
—Tof, dit André absorbé par sa tâche, et qui préparait un coulis de crème et de framboises pour son crumble, tu nous donnerais un peu de truffes pour nos tartines ?

—Je vais aller dresser la table sous la glycine, dit Aurélia. Je mettrai les rideaux de tulle comme j'ai vu faire à Rose. Ils seront bien installés comme ça, « *la Ronde des Gîtes...*

Christophe la retint par le bras.
—Attends!
Il alla à la buanderie, rapporta des vestes de cuisiniers, et des toques.
—Faites-moi plaisir, mettez ça, les petits ! Je ne sais pas quoi dire ! Je suis fier de vous ! Je vous embrasserais ! La table, c'est moi qui vais la dresser ! André, tu peux prendre toute la truffe dont tu as besoin ! Et vider aussi le garde-manger et la cave si ça te chante !

Christophe sortit sur le perron, contempla le beau jardin tout vert et doré, et aussi de feu, et d'or, et brillant de l'argent de la sauge velue et des oliviers tutélaires, avec le rose des lauriers encore fleuris, le bronze métallique des buissons de thyms, et eut un grand soupir d'aise :
« *Aurélia et André font des miracles ... Merci mon Dieu, comme dirait Marion...* »
Et ces mots de gratitude n'étaient pas uniquement dédiés à la bonne volonté et au savoir-faire des deux jeunes gens qui le tiraient d'un mauvais pas, mais aussi, Christophe en était tout à fait conscient, au bonheur de retrouver le soir même une femme qui le comblait, dont il ne se passait pas une minute sans qu'il l'eût à l'esprit et dans le cœur, et qui était venue, guidée par quel hasard, retracer un chemin dans sa vie embroussaillée.

De la poussière s'élevait du chemin et Abréal qui conversait avec les Winter, s'était levé nonchalamment, mais regardait de tous ses yeux. De son promontoire, Miranda lui fit signe : fausse alerte.

Une jeep remontait pourtant l'allée et stoppa devant la grille. Une voix féminine lança de grands *hou! hou !* Et la sonnerie de l'interphone vrilla méchamment la sérénité des lieux.
—Vous attendez encore des pensionnaires ? s'enquit M. Winter. Oh ! Je présage que notre séjour sera tout à fait charmant, n'est-ce pas, ma chère ? Peut-être une de vos sémillantes coéquipières, commandant ?
—Ma sémillante coéquipière, comme vous le dites si bien, est déjà ici, apprit Abréal, à la stupéfaction enjouée de son interlocuteur.
—Mais nous n'avons pas encore eu le plaisir de la rencontrer...
—Oh... Le lieutenant Saint-Joseph fait un peu de … randonnée, cette après-midi.
—Deux gendarmes ensemble aux Bergerets, pardonnez ma curiosité, dit Mme Winter, le lieutenant serait-il votre compagne, si je puis dire ?
—Nullement, madame. Mais je suis un fidèle des Bergerets, et j'ai recommandé les lieux à ma collègue, qui a besoin de repos et est venue passer le week-end au gîte avec son petit garçon.
—Ah ! Voilà qui est tout à fait adorable ! Et qui donc est la nouvelle arrivante ? Une autre dame-gendarme ?

—Rien à voir... exposa malicieusement Christophe. C'est Luce, une habituée des lieux également... Ne vous fiez pas à son look un peu ... décalé. Luce est restauratrice de monuments historiques et d'objets du patrimoine, et sa réputation n'est plus à faire dans le monde entier...

—Que de personnages passionnants ! s'exclamait Mme Winter. Quelque chose me dit que nous allons avoir un séjour riche et foisonnant ! De quoi alimenter copieusement la prochaine rubrique de notre modeste guide !

« Effectivement, Mme Winter a raison. Cela nous fera des interlocuteurs de qualité, et je n'aurai pas à m'occuper d'alimenter la conversation, je pourrai tranquillement m'occuper de l'intendance. Mais Abréal ne souhaite pas qu'on sorte du périmètre.... Et si les Winter veulent se balader...»
—A propos de s'alimenter, chère madame Winter, puis-je vous suggérer de passer à table.
Et Christophe entraîna ses hôtes, de manière à retarder un peu le choc de la confrontation avec l'exubérante Luce.

En effet, cette dernière sautait de son véhicule et venait se suspendre sans façon au cou du maître des lieux. Toute vêtue de noir, avec sa longue natte brune battant son dos, en jupe et bottes noires également, grimée de sombre, elle ne parvenait pas à s'enlaidir, d'une panoplie qui aurait plus convenu à une adolescente qu'à une femme paraissant dans la quarantaine.

Abréal, qui en avait vu d'autres, s'approcha, très intéressé. Christophe fit les présentations et Luce gratifia le commandant d'un grognement peu amène.
« *Madame n'aime pas la maréchaussée...* gloussait intérieurement le gendarme. *Et moi, je n'aime pas trop les punkettes, surtout celles sur le retour... Quoique pour celle-là, je ferais volontiers une exception. Elle doit être ravissante, une fois bien décapée. Mais ne l'observons pas de trop près, il se pourrait qu'elle morde...*»

14

—Tout va bien Luce ?
—Oui, oui, tout va bien, je te remercie ! Je vais toujours bien quand je suis chez toi ! Au fait, j'ai une amie, Maude, à qui j'ai recommandé ton lieu de paradis. Tu ne l'aurais pas vue par hasard ?
—Mais justement, Luce chérie, j'allais t'en parler ! Elle est arrivée hier soir avec mon frère et...
—Avec ton frère ! Par exemple ! Et à mi-voix : « *c'était donc ça, l'affaire qu'elle devait conclure... Petite cachotière* »
—Tu dis, Luce ?
—Non, non...rien... Excuse-moi, Tof, mais je suis un peu à côté de mes bottes aujourd'hui... Je viens de manquer un super-contrat, pour une histoire de coucherie... C'est pour ça, que je suis là plus tôt... Tu ne m'en veux pas j'espère ? De toute façon, je dormirai dans ma voiture !
—Ben voyons... Tu vas manger, ça ira mieux après. Tu verras, André s'est surpassé !
—Je n'en doute pas un instant ! Maude doit être ravie ! Merci, je n'ai pas faim mais si tu avais quelque chose à boire ? Sylvaine n'est pas par là ?

Christophe ne se formalisait pas de l'humeur renfrognée de Luce, ni de ses questions parfois indélicates : il savait pertinemment que Luce était souvent « *à côté de ses bottes* », sauf quand elle travaillait, et là, c'était le génie à l'état pur.

C'est Luce qui avait agencé les fontaines et le théâtre de verdure à l'antique du jardin, se fondant dans la végétation comme s'il était là depuis toujours. Les parements, les linteaux des portes, la cheminée en pierre des Baux, le cadran solaire, les abords de la piscine naturelle, le tout taillé de se mains fines ; et les scènes campagnardes qui enjolivaient de manière exquise la grande salle, toiles XVIIe dénichées chez ses amis antiquaires hollandais : c'était encore Luce, qui n'avait jamais voulu qu'on la paie, à une époque où le gîte démarrait, et que Christophe et Sylvaine auraient été bien en peine de s'offrir ces merveilles qui contribuaient beaucoup au charme de la maison.

Luce, Sylvaine et Christophe, c'était une vieille amitié qui remontait à leurs années de Kosovo. Christophe et Sylvaine fiancés, tous deux dans l'humanitaire. Luce conduisait exceptionnellement un convoi pour une association. Ils avaient tous trois échappé de justesse à une embuscade, puis étaient restés emmurés lors de l'explosion d'une usine qui avait écroulé la maisonnette abandonnée où ils s'étaient réfugiés.
Ils devaient leur survie aux ciseaux de tailleur qui ne quittaient jamais les poches du pantalon baggy de Luce. Tour à tour, ils avaient taillé, creusé, gratté, pendant des heures, sans eau, l'air qui se raréfiait à une vitesse

terrifiante. Sylvaine épuisée avait sombré dans l'inconscience et gémissait.

Et puis finalement, après une éternité d'efforts surhumains, un souffle d'air ténu. Si ténu. Puis un point de lumière, comme une étoile. Encore un effort. Ils étaient sauvés... Ils se frayèrent un chemin dans les gravas, portèrent Sylvaine jusqu'à la route. Des paysans qui passaient dans un camion antédiluvien les conduisirent jusqu'à Pristina. Vivre des trucs comme ça, ça crée des liens indéfectibles.

Maude qui arrivait avec Charly portant des épuisettes, sauta au cou de son amie et l'embrassa sur les deux joues. Charly et Luce se donnèrent une accolade. Ces deux-là se plurent immédiatement. Christophe installait tout le monde sous la véranda, Maude serrée contre Luce, sa main dans la sienne.

—Alors, comme ça, tu es venue avec André ? Raconte-moi ça ! Comment ça se fait ? Tu le connaissais ?
—Mais non ! Oh ! La ! La ! Une histoire, tu ne le croiras pas... J'ai fait tomber mes clés dans un container à linge, au bord de la nationale 7, tu sais, où on met les vieux vêtements, mais tu comprends, j'avais vu une superbe robe de mariée qui dépassait, une étoffe magnifique, rehaussée de dentelle ancienne, alors je me suis dit... Au fait, tu as mes chapeaux ?
—Dans le coffre.

—Tu es un amour !

Maude l'embrassa avec fougue et Luce se dégagea dans un mouvement agacé.
—Doucement... C'est pas la grande forme aujourd'hui...
—Qu'as-tu ? On dirait que tu m'en veux...
—Bof... Même si c'est limite de coucher avec le frère de Christophe, ce n'est pas à toi que j'en veux...
—Qu'est-ce que tu racontes ... Je ne couche pas avec André !
—Ah ! Bon ? Tu ne couches pas avec André ? Ce n'est pas lui que tu as levé hier à Romans, peut-être ?
—Je vois ! Madame a encore picolé ! Ou fumé sa corde à sauter...
—Arrête ça tu veux ? Pour une fois que je suis à sec... Je suis en pétard, c'est tout ! Mathilde Chuminat m'a encore sucré un contrat d'enfer. La restauration de la statuaire d'une villa italienne au bord de la Brenta, tu te rends compte !
—Pauvre Luce. Je te rendrai tes cinq cents euros. Je m'améliore, tu vois, je ne l'es ai même pas touchés !
—Mais c'est pas ça, le problème, garde ton pognon ! C'est... C'est l'autre... Celle-là, avec tous ses enfants, sa médaille de mère méritante, son collier de nouilles de meilleure génitrice de l'année, son ruban bleu de bourgeoise rangée des voitures, et qui couche avec tout ce qui remue ! Évidemment qu'elle l'a eu avec son énorme postérieur, son contrat ! Comment tu veux que je rivalise, moi, célibataire, gothique, nullipare, dans

cette société patriarcale qui vénère la matrice pourvoyeuse de futurs cotisants !
—Comment ça, nullipare ! Tu as une fille, ce me semble...
—Mmm... oui, c'est vrai... En plus, elle crève de jalousie, la Mathilde, mais je vais l'étrangler de mes propres mains, et j'irai négocié le contrat pour graver son épitaphe : *« Mathilde Chuminat couchait de ci de là, et c'est d'ailleurs comme ça qu'elle avait ses contrats. »*

Maude se disait que peut-être, le postérieur avenant de cette Mathilde pouvait être un atout dans la course aux marchés de restauration, mais elle pensait aussi que la main de Luce, l'alcool et la dope aidant, devenait moins sûre et ça se disait. Et puis, son célibat lui pesait, quoi qu'elle en dît. Sa solitude l'aigrissait. Elle souhaitait à sa chère Luce, un homme comme Christophe.

Maude évoqua la nuit passée, la nuit à venir, son cœur bondit de joie et de gratitude, et les yeux des amants se rencontrèrent.
« Ah ! D'accord... » se dit Luce, à laquelle le regard complice des amoureux n'avait pas échappé.
Il n'avait pas échappé non plus au commandant Abréal, dont l'attention revenait cependant à Luce.
« Si on m'avait dit que je viendrais aux Bergerets pour me laisser séduire par une punkette. Enfin, pour ce qui est de la séduction... Avec les regards noirs qu'elle me lance, c'est pas gagné... »

Mme Winter, dégustant son déjeuner un peu plus loin, demanda à Christophe si tous leur feraient le plaisir de venir à leur table. M. Winter, le teint déjà bien enluminé, applaudit des deux mains. Charly, Aurélia et André arguèrent de préparatifs pour la soirée. Luce accepta : le rosé, dont le flacon miroitait au centre de la table, la tentait. Abréal prit place également.

Au grand soulagement de Christophe, il ne fut pas question du postérieur de Mme Chuminat, mais de la restauration de la cathédrale de Strasbourg. Luce en parlait passionnément et les éditeurs suisses se promettaient d'y retourner au plus tôt, afin d'admirer le chef d'œuvre et aussi, visiter les gîtes de la région. Les Winter faisaient magnifiquement honneur au menu. Luce et le commandant au vin de Taulignan.

—Aurons-nous le plaisir de faire la connaissance de votre chef ? Tout est délicieux et irréprochable !
—C'est un peu une œuvre collégiale ! Les terrines et les gratins sont de Rose, et le soufflé, les salades, et les tartines truffées, de notre jeune amie Aurélia que voici. Le crumble accompagné d'un coulis à la crème est le travail de mon frère André que voilà.
—Un crumble ! Il m'a préparé un crumble ! Vous vous souvenez donc de mes goûts, cher Christophe ! Ah ! J'espère bien que d'aussi talentueux jeunes gens vont demeurer ici!
C'était de Mme Winter et de Luce, ravie de revoir André, à qui lui réserverait le plus chaleureux accueil.

—Alors, c'est vous, l'amie d'André ? demanda discrètement Luce à Aurélia.
—Arrête de vouloir pacser tout le monde, Luce ! Lui lança Maude qui avait entendu, avant de s'éclipser. Que diriez-vous d'un défilé de chapeaux, ce soir ?

Mme Winter s'en montra ravie.
—Vraiment, disait-elle, aux anges. Mon idée est faite sur les Bergerets! Vous vous améliorez sans cesse ! Et je pense qu'il en va de même pour M. Winter. Le commentaire le plus élogieux dans notre guide vous est acquis ! Et je ne vois vraiment pas ce qui pourrait nous faire changer d'idée !

15

Il n'y avait pas un souffle d'air. On se serait cru au plus chaud du mois d'août. Tandis que M. Winter faisait la sieste dans la suite bleu lavande, Mme Winter avait conçu le désir de barboter dans la piscine biologique qu'on entendait cascader un peu en contrebas. Maude et Luce, avec les enfants, lui tenaient compagnie. Christophe était dans son bureau et Rose, Marion et André élaboraient le menu du soir.

Abréal était descendu rejoindre le lieutenant, toujours en faction en haut d'un arbre. De là, on voyait les collines et le chemin de terre damée par les petits sabots des troupeaux de chèvres, montant du hameau des Vollanes jusqu'aux Bergerets.
—Descendez à présent, Miranda. Ça m'ennuierait que vous vous blessiez. Venez vous rafraîchir avec votre petit Gabin. Les enfants sont à la piscine avec Maude et Luce, la dernière arrivée.
—Drôle de bonne femme, hein, commandant ? souriait Miranda. Je l'ai vue dans la jeep, tout à l'heure. Une maîtresse femme, pas vrai ?

Miranda Saint-Joseph était un peu chamane par l'initiation de sa grand mère de Guadeloupe, qui parlait aux arbres et aux animaux. Comme son aïeule adorée, Miranda devinait beaucoup de choses. Notamment, que

le commandant tremblait d'une fébrilité qui ressemblait à du désir. « *C'est une femme comme cette Luce, qu'il lui faudrait,, au commandant...* »
Abréal émit un grognement pour toute réponse.

—Vous avez vu quelque chose, lieutenant ?
—Non... Tout à l'heure un scintillement dans les arbres. Mais qui ne s'est pas répété. Pas de bruits suspects, pas de pierres qui rouleraient sous les pas... Charly est allé voir tout de même. J'ai bien essayé de l'en dissuader, mais il n'a rien voulu entendre. Il a dit qu'il descendait au hameau à travers les taillis de chênes. J'espère qu'il ne lui est rien arrivé, et qu 'il rentrera bientôt.
Miranda eut une inflexion alarmée, et le commandant la rassura.
—Ne vous inquiétez pas, ce garçon ne manque pas d'ingéniosité, ni de ressources...

Ils demeurèrent un moment silencieux, à scruter les alentours. Leur parvenaient les cris de joie des enfants, et la chanson de l'eau flûtant dans la fontaine et la piscine, chanson qui donnait soif et apaisait.

—J'adore cet endroit, souffla le lieutenant. Pas vous ? Il a quelque chose de spécial, d'indéfinissable. Comme si... Comme si... il pouvait s'y produire des miracles...
Ils échangèrent un regard de sympathie. Puis il y eut une sorte de chuchotement tout proche, de froissement parmi les arbustes, et Charly apparut, au grand soulagement de Miranda.

—Tout va bien ? Je commençais à m'inquiéter.
—Moi je vais bien, c'est gentil de votre part ! Mais les deux loustics à moto ont garé leur machine quelque part, allez savoir où, et ont exploré tout le hameau à pied, avec l'air de faire du tourisme... Quand j'ai pris la montée, il y étaient encore. On dirait qu'ils attendent quelqu'un...

Abréal grimaça.
—Grâce à vos photos, nous avons pu identifier les deux hommes, par leurs tatouages : ce sont bien des amis de Greg. Good Job, Charly !
Le commandant lui asséna une tape sur l'épaule qui fit chanceler le jeune homme, ravi du compliment.
—Il faut que j'appelle la brigade... poursuivait Abréal. Charly, je vous apporte à boire. Ça ne vous fait rien de relayer un peu Miranda, je veux dire le lieutenant ? Il va sans doute falloir que l'on s'organise. Je ne sais pas ce que veulent ces mastards mais ça ne laisse rien présager de bon...
—Je reste là, pas de souci commandant. Pour ce qui est de boire, j'ai ce qu'il faut. (Il montrait une outre de baroudeur.) Vous croyez que Greg et ses petits copains nous ont tracés ?
— On ne sait pas ... A moins qu'ils en aient après André ... Il s'agit sûrement de cette bande que Maude et André ont aperçu vers le discount...Je vais me renseigner, et peut-être, demander des renforts... Vous venez Miranda ?

Abréal rejoignit Christophe dans son bureau. Le gendarme y avait installé son ordinateur, et les deux hommes attendaient des communications que la brigade de Valence devait fournir, concernant Greg et sa bande.

—Pensez-vous qu'ils préparent quelque chose ? C'est à Aurélia qu'ils en ont ?

—C'est fort possible. Tant que notre jeune amie travaillait chez Marcel, ils l'avaient en ligne de mire, dans la perspective de récupérer l'argent qu'ils pensent qu'elle détient... A tort ou à raison...Mais à présent, ils vont sans doute juger que le temps presse et qu'elle peut leur échapper. Ils vont agir vite...

—Ça m'étonnerait fort qu'Aurélia ait trempé dans un truc pareil. Après... Comment sauraient-ils qu'elle est ici ?

—Nous savons que ces gens ont des balances partout. Des types qui surveillent, qu'on ne soupçonnerait même pas... Greg est bien implanté. Très bien même. Il n'y a pas que des malfrats qui lui donnent des coups de main...

—Vraiment !...

Le bureau de gendarmerie de Valence apparut sur l'écran de l'ordinateur.

—Vous avez quelque chose ? demanda Abréal.

—Oui commandant. Du nouveau...

—Je vous laisse, dit Christophe. Je vais m'occuper des préparatifs de la soirée.

Lorsque Christophe revint, porteur de rafraîchissements, il trouva Abréal cogitant sombrement. Christophe s'alarma :
—Un problème, commandant ?
Abréal hocha la tête.
—Christophe, à partir de maintenant, vous ne laissez plus entrer personne aux Bergerets...
—Personne... Vous voulez dire parmi la clientèle ?
—Oui... Et même parmi les habituels...
—Qu'est-ce qui se passe ? Vous m'inquiétez vraiment...

Abréal observait son vis-à-vis. Comme s'il soupesait s'il pouvait lui faire confiance ou pas.
—Il m'arrive des nouvelles d'un peu partout. Alors voilà. Vous allez garder ça pour vous pour le moment. Alors, primo. Les motards ont fait une petite promenade de santé jusqu'à Grignan, hier soir. Pour quoi faire, me direz-vous ? Pour rendre visite à une brave femme, Germaine Tironi.
—Ah ! Et je suis censé la connaître ?
—Pas précisément, hormis si vous vous rendez régulièrement à la poste de Grignan.
—Non... Jamais...Cette Mme Tironi travaille à la poste ?
—Travaillait... Elle a pris sa retraite, il y a un environ un mois.

Christophe considérait Abréal, cherchant où il voulait en venir.
—Les motards se sont rendus à son logis, et l'ont un peu secouée. Heureusement, sa sœur, Mme ... (Abréal lisait

des notes dans un petit carnet) Blanche Tironi, célibataire, infirmière libérale, arrivait justement avec des amis chasseurs, et les motards, - deux types -, ont fichu le camp.

—Ce sont vraiment des dingues ! Qu'est-ce qu'ils voulaient ?

—Ils cherchaient une personne à qui Germaine Tironi aurait adressé quatre lettres, il y a un mois justement. Mme Tironi tenait à garder cela pour elle, mais d'après ce que nous avons compris, lorsque Mme Tironi a trop bu de vin de dessert, elle se confie volontiers, et plus précisément à son neveu... Voyant la tournure que prennent les événements, elle a préféré tout raconter aux gendarmes de Grignan, soupçonnant que son neveu a bavardé...

—Mais ... De quoi s'agit-il?

—Pour cela, nous allons en parler dans quelques minutes avec la personne à qui ces lettres étaient destinées...

—Qui? Aurélia ?

—Non Christophe. Germaine Tironi a expédié il y a un mois, sur les conseils de sa sœur Blanche, des lettres à une certaine madame Marion Lasparède, à la maison de retraite des Hortensias, en banlieue de Salaise en Isère... Germaine Tironi était chargée de messages émanant d'une tierce personne...

—Ça alors... murmurait Christophe. Ce serait Marion que les motards recherchent ? Mais alors... Ils ne la lâcheront pas tant qu'ils n'auront pas ces lettres...

—On peut l'envisager. L'expéditrice des lettres sait certainement des choses qui intéressent Greg, et qu'elle n'a pas forcément jointes à ses courriers... La gendarmerie va protéger la maison de Mme Tironi, pour le cas où ils reviendraient. On va quand même veiller cette nuit. J'ai demandé à des gendarmes de Livron et Loriol de monter au hameau des Vollanes en voiture banalisée dès que la nuit sera tombée. Des brigades vont se poster aux points stratégiques sur la 7, au nord et au sud, au cas où...

—Pourquoi ne pas coffrer Greg et ses comparses ?
—On n'a pas de motifs pour cela...
—Mais la sœur de Mme Tironi et ses amis ont bien reconnu les motards ?
—*Des* motards, oui. Mais casqués. Mmes Tironi et leurs amis n'ont pas pu relever les immatriculations des machines.
—Et cette tierce personne qui a demandé à Mme Tironi d'envoyer les lettres, qui est-ce ?
—Il y a de grandes chances pour que ce soit le petit-fils de Mme Lasparède. Disparu il y a quelques années.

Abréal faisait les cent pas, les mains au dos. Il s'immobilisa tout net :
—Christophe... Il y a autre chose...
Puis brusquement :
—Il ne faut pas qu'André quitte les Bergerets.

—Je ne crois pas qu'il en ait l'intention, du moins, pas dans l'immédiat. Vous pensez qu'il y a du danger pour lui aussi ?

Christophe s'était levé, très alarmé.
—Vous avez appris quelque chose sur sa livraison au discount ? Greg et sa bande l'ont vu et en ont après lui ? Ils veulent lui faire la peau comme l'autre chauffeur-livreur et Jeannot la Pêche ?

—Rien ne dit que ce soit Greg et ses motards, les assassins. En fait, je pense que c'est ce qu'on veut nous faire croire.
—Comment ça ? Vous avez bien trouvé la boucle de ceinturon de Greg dans la maison de Jeannot ? Si ce n'est pas une preuve, ça !

—Justement. On n'a trouvé les empreintes de Greg que sur cette boucle, nulle part ailleurs.
—Vous en concluez ?
—Eh bien, ce n'est pas probant !
—Mais, s'il l'a perdue !
—Croyez-vous que l'on peut perdre une boucle de ceinturon en bronze émaillé comme ça, sans s'en apercevoir ? Et puis, il n'y a pas de mobile, dans ce meurtre. Ni d'ailleurs dans celui de l'assassinat du chauffeur-livreur.

—Et Greg ne serait pas non plus l'assassin du chauffeur-livreur ?

—Il y a peu de chance. Comme je vous l'ai déjà dit, le gang des motards n'est pas un gang de tueurs.

—Ah ! Oui ! Ce sont d'honnêtes commerçants ! Que dis-je ! Des enfants de chœur ! s'énervait Christophe sans comprendre pourquoi. Eh bien, mais, que Mme Lasparède leur donne ces lettres et ensuite, qu'ils passent un agréable séjour aux Bergerets, s'ils sont inoffensifs !

16

—Alors, je n'aurai pas à chercher cette femme, disait Marion les yeux humides. Greg et sa bande s'en sont chargés pour moi...
—Qu'est-ce qu'il y a dans ces lettres, Mme Lasparède. Dites-le nous précisément ! Les avez-vous apportées avec vous ?

—Oh ! Mais vous ne pouvez pas la laisser un peu tranquille, s'insurgeait Rose. Vous ne voyez pas qu'elle est terrassée d'émotions, avec la nouvelle que cette Mme Tironi pourra lui parler de son petit-fils ? Et cette bande de sauvages qui sont après elle ! J'espère bien que vous allez les mettre en prison, plutôt que de martyriser cette pauvre Marion !

Les deux femmes étaient assises l'une contre l'autre.
—Si je comprends bien, mon petit-fils Landry aurait eu affaire avec cette bande de motards, tout comme le fiancé d'Aurélia, le papa du petit Jonas ?
—Sans doute, disait Abréal. Nous allons éclaircir tout cela... Auriez-vous une photographie de votre petit-fils ?
—J'ai un instantané de quand il était petit. Vous allez voir comme il était beau, mon Landry. Nous étions allés au Parc de la Tête d'Or à Lyon. Je ne savais pas quoi faire pour le distraire de la perte de ses parents. Dans un accident d'avion. C'était pendant les grandes vacances.

Mon fils et ma belle-fille devaient retourner à Paris pour leur travail. Je gardais l'enfant. Je ne les ai jamais revus... Après, on n'a pas trop fait de photographies... Ah ! Si ! Pour ses seize ans ! Je lui avais offert une mobylette qui faisait un bruit infernal ! Je n'étais pas trop d'accord, mais il faut bien que jeunesse se passe. J'ai les photos dans mon portefeuille, je vais les chercher. Et aussi... Je vous apporte les lettres.

Rose s'essuyait le visage d'un vaste mouchoir d'homme.
—Mon Dieu, comme c'est triste tout ça ! Je vous accompagne, Marion. Je vais nous servir une petite verveine du Velay. Ça va nous remonter le cœur !

—Quelle histoire... soupirait Christophe. Que faut-il faire à présent, commandant ?
—Attendre... Quoi faire d'autre...
—Mais attendre quoi ? Que les Bergerets soient assiégés ? Faire bouillir de l'huile et fabriquer une catapulte et demander à Luce de tailler des boulets de pierre contre d'éventuels assaillants ?

Abréal sourit :
—Quelque chose comme ça, oui ... A propos... Les Winter, vos visiteurs suisses, vous les connaissez bien ?
—Bien, c'est un grand mot... Ils nous visitent deux à trois fois par an, depuis quelques années. Ils font leur métier, mais j'ai une certaine sympathie pour eux. Ils sont impartiaux et pas embêtants, toujours contents pourvu qu'ils ne s'ennuient pas, en gros...

—Bon. C'est plutôt une bonne nouvelle ... Vous ne trouvez pas bizarre, qu'ils soient venus en avance, d'après ce que j'ai compris...
—Eh bien, à y réfléchir... C'est la première fois que cela se produit, mais non... Je ne trouve pas que ce soit particulièrement bizarre...

Abréal avait repris sa marche dans le bureau, et se grattait le cuir chevelu. Il s'arrêta devant la fenêtre.
—Autre chose vous ennuie, commandant ?
Abréal se retourna, le considéra sans mot dire.

—Mais c'est que vous me faites peur... souffla Christophe. Allez-y... Je peux tout entendre...
Le gendarme vint se rasseoir de l'autre côté du bureau, parut chercher ses mots :
—Ecoutez Christophe, j'ai eu les conclusions du laboratoire scientifique de la gendarmerie. Ils ont trouvé des choses... très embêtantes...
—Très embêtantes ? Que voulez-vous dire ?... Très embêtantes pour qui ?...
Abréal eut un grand soupir, son regard retourna à la fenêtre.
—Pour André... lâcha-t-il sèchement.

Une mouche faisait un vacarme d'hydravion en sillonnant la pièce. Christophe et Abréal se contemplaient, comme si leur silence pouvait se révéler plus éloquent que des paroles.

—Attendez ! fit Christophe d'une voix éraillée, je ne comprends pas bien...
—Bon, écoutez Christophe. On va étudier la situation calmement... Inutile de s'alarmer.
Christophe s'enflamma :
—Eh bien parlez alors ! Vous me tenez sur le grill ! En quoi ce serait embêtant pour André ?

On frappa, et l'intéressé passa la tête, tout sourire :
—Pardon de vous déranger... Alors, ce soir, grand dîner de gala près de la piscine, suivi d'un défilé de chapeaux féminins. Au menu du repas, brochettes de ce que nous trouverons dans les chambres froides, puisque nous sommes tous assignés à résidence ! Mais nous promettons, Rose, Marion, Aurélia et moi, de nous surpasser ! A propos, Marion vient de nous raconter pour son petit-fils... C'est incroyable, n'est-ce pas ?

Et soudain intimidé et rougissant:
—Euh... Je ne trouve pas le lieutenant Saint-Joseph...
—Miranda a dû remplacer Charly à sa faction dans le petit bois de chênes, répondit Abréal assez sèchement.
—Bon... Je ne vous ennuie pas plus longtemps, balbutia André. Je vais voir si je peux leur être utile...
Et il s'éclipsa.
Les deux hommes s'entre-regardèrent.
—Abréal ... Vous voulez me dire qu'on soupçonnerait André ?
Le commandant fit la grimace et acquiesça. Christophe eut un grand rire désabusé.

—Alors ça, c'est la meilleure de l'année ! C'est tout ce que vous avez trouvé ? Vous trouvez que ce garçon a l'air d'un assassin ?

Il s'était levé si brusquement, que sa chaise repoussée grinça horriblement sur le parquet. Christophe alla se poster devant la fenêtre, comme pour reposer son regard sur le beau jardin.
—Bien sûr que non... rétorqua le gendarme fermement. Mais je me dois de vous dire la phrase consacrée : « *Si les assassins en avaient tous l'air, il n'y aurait jamais d'assassinats...* »

Christophe haussa les épaules. Abréal s'était levé à son tour, posa sa main sur son bras, mais Christophe se dégagea d'un geste excédé. Puis il retourna s'asseoir, engagea le commandant à faire de même.
—Excusez-moi... Bon, je vois ce qu'il me reste à faire. Je vais appeler mon frère aîné, François, qui est dans la magistrature. Il saura quoi faire...
Il allait s'emparer de son portable, mais Abréal retint son geste.
—Attendez ... Ecoutez-moi d'abord...
Christophe pesa le pour et le contre.
—Soit.
Abréal consulta son ordinateur.
—Alors voilà... On a trouvé sur les lieux des deux crimes... des lambeaux, infimes, certes, mais parlants... de vêtements appartenant à votre frère...

Christophe, interloqué, regardait Abréal sans comprendre. Puis :
—Et... Comment pouvez-vous savoir qu'il s'agit de ceux de mon frère ? C'est incroyable, ça !
—Mais ... Par l'analyse de l'ADN...
—Alors là ... Vous êtes en train de me dire que l'ADN d'André est répertorié dans vos fichiers ? C'est la meilleure !
—Vous vous souvenez de la manif à la centrale nucléaire de Montesson, il y a cinq ans ? Il y avait eu du grabuge, et un type était resté sur le carreau. Ils ont pris tous les ADN des personnes présentes, des deux côtés, pour déterminer les responsabilités. André se trouvait sur les lieux.
—Mais André était encore un minot !
—Un minot, n'exagérons rien... Il allait sur ses trente ans à l'époque...
—Et puis, ça ne prouve rien ! Quelqu'un a fort bien pu mettre les lambeaux de vêtements d'André sur les lieux des crimes pour le faire accuser ! Tenez ! Comme la boucle de ceinturon du motard chez Jeannot.
—Oui, nous l'envisageons ... Seulement, il y a qu'André est aussi chauffeur-livreur. Le livreur assassiné trafiquait un peu... Et... On a retrouvé une vieille reconnaissance de dette chez Jeannot... signée par André. Jeannot lui a prêté de l'argent, il y a quelques mois... Une somme rondelette... Douze mille euros.

—Abréal ! Vous devenez fous, les gendarmes, ma parole ! On marche sur la tête... André vit simplement,

et il gagne honorablement sa vie. Pourquoi serait-il allé emprunter de l'argent au vieux Jeannot ? Non, mais je rêve, là...
—On va le lui demander...
Christophe s'alarma soudain, le sol se dérobait sous ses pieds, la fête tournait au cauchemar... Il allait se réveiller et tout redeviendrait limpide !
—Que comptez-vous faire à présent ? L'arrêter ?
—Non... Pas tout de suite, de toute manière. Les choses bougent autour de nous, comme vous avez pu le comprendre, n'est-ce pas ? Il semble qu'il y ait une urgence, une échéance... Je crois que tout va aller vite, maintenant... Nous allons voir ce qu'il advient pendant ce week-end.

—Alors, les motards sont hors de cause ?
—Pas si sûr... Peut-être agissent-ils pour quelqu'un... Mais j'ai du mal à penser que Greg se salissent les mains comme ça. Il a son petit commerce, ses habitudes...
—Pourtant, ils sont là, pas loin, à épier... Peut-être Greg est-il dépassé par ses lieutenants ?
—Ça ne serait pas impossible. Le marché qu'il tient est juteux... J'essaie de comprendre. Mais la nuit s'approche. Il faudra instaurer des tours de garde. Le danger va venir de l'extérieur...
—Alors, vous pensez qu'André est innocent ?
Le ton de Christophe était si pathétique, qu'Abréal eut un élan de sympathie et lui donna une bourrade :
—Faites-moi confiance... Laissons un peu se débroussailler le chemin...

17

—Surtout, vous ne dites rien à André...
—Vous en avez de bonnes, Abréal... Le côtoyer, lui parler, sans avoir l'air de rien ! Ça va être facile !
—Christophe, je ne devrais pas vous le dire, mais si je vous ai donné ces informations, c'est parce que je ne pense pas qu'il soit coupable. Notre petite lieutenante ne semble pas en douter non plus d'ailleurs...
—Elle est au courant ?
—Non. Pas encore.

Abréal et Christophe regardaient les deux jeunes gens qui conversaient gaiement près de la piscine. Miranda, sculpturale dans un maillot de bain une pièce, surveillant les deux enfants qui refusaient de s'éloigner de l'eau et André qui riait aux éclats, se penchait vers l'épaule de la jeune femme et c'était son tour de rire d'un rire insouciant, ayant un moment laissé de côté, le maintien sérieux de sa fonction.

—Ces deux-là s'entendent à merveille... dit Abréal. Ça fait plaisir à voir. Notre petite Miranda est bien trop sérieuse !
—Vous allez lui dire...
—Il le faut bien... De toute façon, il va falloir mettre en place des tours de faction.
—Et pour les Winter, qu'est-ce qu'on fait ?

—Si vous vous sentez de leur déballer toute l'histoire... Avec un peu de chance, il ne se passera rien jusqu'à leur départ...
—Eh bien, c'est rassurant...

Les apercevant, Miranda et André les rejoignirent.
—Commandant, j'ai laissé tout à l'heure Charly en faction sur l'arbre. Il voulait redescendre au village.
—Bon, allons le voir... Miranda, accompagnez-moi, s'il vous plaît.
—Juste une seconde, le temps de passer un pantalon.
—Je peux venir aussi ?demandait André.
—Ok, venez...

—Tu ne t'attardes pas trop, j'ai besoin de toi... fit vivement Christophe.
—Mais... Oui patron ! Pas de souci ! D'ailleurs, nous avons déjà pas mal avancé en cuisine ! Tout est sous contrôle !
—Excuse-moi petit frère ! Je suis un peu speedé en ce moment...
—Pas de mal, *grand frère*...
Il lui bourra un coup de poing pour rire et emboîta le pas du commandant. Christophe les regarda s'éloigner par le chemin pierreux qui menait au jardin de rocaille, plus bas.
—Vous craignez une attaque ? disait André, mi-rieur.
Mais Abréal ne sembla pas apprécier la plaisanterie.
—Entre autres...

André stoppa au beau milieu du chemin.
—Qu'est-ce qui se passe ? Christophe a l'air complètement paumé ! Qu'est-ce que vous lui avez dit ?
André ne riait plus, et les deux hommes se toisèrent.
—Ce que vous lui avez dit, je peux l'entendre aussi, non ? C'est au sujet des motards ? Ils vont monter aux Bergerets ?
—C'est possible... Vous savez pour les lettres de Mme Lascarède ?
—Oui... Elle en parlait à Rose tout à l'heure au potager des herbes aromatiques. Ces dames étaient très émues que Marion puisse retrouver une des dernières personnes ayant vu son petit-fils ! C'est génial, non ? Pourquoi ne peut-elle pas la rencontrer tout de suite ? Je pourrais l'emmener, si nous pouvions sortir...
—Ce n'est pas possible dans l'immédiat. Cette dame de Grignan est sous protection, tant que les affaires ne sont pas élucidées. Vous n'ignorez donc pas que les motards lui ont rendu une petite visite hier soir...
—Je n'ai pas retenu son nom... Comment s'appelle-t-elle déjà ?
—Eh bien... Son nom m'échappe aussi... Mais nous en parlerons sans aucun doute ce soir au dîner...
—Comment puis-je me rendre utile, commandant ?
—Il faudra ouvrir l'œil, faire des tours de surveillance autour du gîte. Pendant la nuit aussi...
—Ça me va...

« Abréal et Christophe ont l'air bizarre ! »

« Qu'est-ce que ça veut dire... Qu'ils ont de nouveaux éléments...Pourquoi ce gendarme fait-il tant de mystères... »

—Commandant... dit soudain André, sans pouvoir s'en empêcher. Le ... lieutenant Saint-Joseph... Est-elle ... libre ?
—Oui... Pour ce que j'en sais...
—Vous pensez qu'elle voudrait d'un... chauffeur-livreur ?
—Pourquoi pas, si ce chauffeur est un honnête homme ? Il jeta à André un regard de biais, et ce dernier se sentit mal à l'aise.

Ils parvinrent au pied de l'arbre sur lequel Charly était perché.
—Charly, je prends le relais, dit André.
—Du nouveau Charly ?
—Non, rien, commandant ! Mais je me propose de descendre aux Vollanes, par le chemin que j'ai pris ce matin !
—Inutile de prendre des risques. Il est déjà sept heures. La nuit ne va pas tarder à venir. Des hommes en civil vont se poster d'ici une heure aux abords du hameau.
—Commandant, il peut s'en passer en une heure. Je vais me faire invisible... J'ai bien repéré le terrain.
—Je t'accompagne, Charly, proposa André. On se dépêchera. Rose et Aurélia mettront le repas en route...
—Je viens avec vous... fit une voix féminine.

Luce paraissait, vêtue d'une combinaison de travailleur couleur kaki qui exaltait à merveille sa féminité. Le cœur d'Abréal lui sauta dans la poitrine.
—Je ne suis pas certain... commença-t-il sur un ton bourru.
—Laissez Eric ! J'ai pas mal crapahuté dans tous les maquis du monde, dans ma folle jeunesse... Et puis, je suis armée. Elle palpait la poche de son pantalon, au long de la jambe.
—Mes ciseaux de taille.

Abréal remonta vers la maison, se demandant s'il était bien judicieux de laisser Luce et Charly en compagnie d'André. Mais il pensait que l'assassin chercherait, avant de se débarrasser de témoins éventuels, à se saisir des lettres de Mme Lasparède. Cette dernière les avait remises à Abréal. A présent, scannées à la brigade, les missives se trouvaient entre les mains de spécialistes du décodage.
Car les messages se révélaient pour le moins ésotériques. Ils ne se contentaient pas de formules affectueuses, et de la narration des petits et grands événements du quotidien ordinairement échangés entre une grand mère et son petit-fils.
Ils s'émaillaient de phrases laconiques, quelquefois poétiques, souvent incohérentes. D'ailleurs, elles n'avaient pas peu contribué au désir de Mme Lasparède de comprendre pourquoi Landry était tenu de s'exprimer en ces termes. Bien évidemment, il essayait de communiquer quelque chose, mais quoi ?

En localisant et rencontrant l'expéditeur des missives, Marion avait espéré remonter jusqu'à son petit-fils.
« Aurais-je dû dire à André que les lettres ne sont plus entre les mains de Marion mais entre celles des gendarmes... se demandait Abréal. Si André est coupable, va-t-il tenter de s'en emparer... Serait-il capable de violences envers Mme Lasparède... Non... je ne peux pas envisager la culpabilité de ce jeune homme.»
Il pensait à Miranda. Il la voyait rire, séduite, en compagnie d'André. Le lieutenant Saint-Joseph ne pouvait ainsi manquer d'intuition, en donnant sa confiance à un assassin...

Les motards voulaient faire parler Germaine Tironi, mais ils avaient été mis en fuite par les amis de Blanche, sa sœur. Abréal attendait le compte rendu des témoignages des deux dames pour asseoir ses présomptions.*« Si André est coupable, se débarrasser de Luce et Charly ne l'avancerait à rien. Ils ne sont au courant de rien... Attendre.. Il n'y a que ça à faire... Je vais les suivre à distance. »*
Puis une jolie pensée émoustillante lui traversa l'esprit. Complètement hors de propos. Mais Abréal sourit d'aise.
« Je rêve, ou elle m'a appelé par mon prénom... »

Il les suivait en progressant comme un sioux, et de temps en temps, la silhouette dansante de Luce s'insinuait entre les chênes et les oliviers.

Le commandant se dit que peut-être ce chemin sur lequel il marchait non loin d'une femme qui lui plaisait, - ce qui ne lui était pas arrivé depuis longtemps -, serait peut-être le chemin qui l'éloignait de la pesante solitude.

Sur les conseils d'André, les marcheurs choisirent de rejoindre la toute petite route qui menait des Bergerets aux Vollanes, par un de ses détours qui la faisait remonter un peu sur la colline, avant de courir en pente assez raide jusqu'aux premières maisons du hameau.

Ainsi, ils attireraient moins les regards. La grille du domaine qui y donnait accès défendait un chemin sablonneux qui mourait vite dans la végétation, parce qu'on l'empruntait peu, et le plus souvent, à vélo ou à pied.
Comme ils atteignaient la route, une voiture poussiéreuse était garée devant la grille. Abréal arrêta les autres du bras. Les vitres fumées interdisaient de voir les occupants du véhicule. Mais un couple en descendit bientôt, et André poussa une exclamation joyeuse :
—Ça alors ! Qu'est-ce que tu fais là !
—Vous vous connaissez ?
—Bien sûr ! Je vous présente Félicien, mon ami de toujours ! Dans mes bras, mon vieux ! Et mademoiselle est ta fiancée ?
—Ben oui, tu vois ! Je me range... Voici Vera.

André présenta ses compagnons. Charly s'était discrètement éclipsé. Le commandant considérait les arrivants, l'étrange garçon au cheveux blancs, à l'air doux, un peu endormi, dont la physionomie contrastait avec celle de sa compagne : grande et mince, brune, avec des yeux agiles, brillants, une bouche pulpeuse, très rouge.
« *Curieux couple* »

—Mais pourquoi n'es-tu pas passé par la grande grille ?
—Mais ... Je crois que nous nous sommes perdus...
—Bon, l'important, c'est que tu sois là ! Quelle belle surprise !
—Nous aurions dû nous annoncer, mais... nous nous sommes décidés au dernier moment... Pourrais-tu nous loger ? Je ne savais pas que je te trouverais là... Mais tu m'avais parlé du gîte de ton frère et...
André le considéra un moment, rit et lui prit le bras :
—Venez vous rafraîchir. Je vous propose de remonter le chemin à droite avec votre voiture. Vous trouverez immanquablement le portail principal, je vais vous ouvrir, j'ai le pass... et vous remonterez l'allée. Vous vous garerez devant la maison. Je vais vous présenter mon frère Christophe.

—Nous vous abandonnons, dit Abréal. Luce et moi remontons par où nous sommes venus.
Le commandant prit le bras de sa compagne et l'entraîna d'autorité.
—Charly a disparu... dit-elle.

—Etrange bonhomme. Je crois l'avoir vu sauter la barrière un peu plus loin, quand nous parlions avec le couple. Il a dû suivre son idée et descendre au hameau. Mais bon, je ne m'en fais pas trop. Si ce Félicien a pu passer avec sa voiture, et il n'a évoqué aucun événement particulier, c'est que tout est calme. Bizarre, ces deux-là, vous ne trouvez pas?
—Bah, vous trouvez tout le monde bizarre, commandant, rit Luce. Déformation professionnelle, je présume. Et moi, vous me trouvez bizarre ?

Elle se campa devant lui, et le sang du commandant ne fit qu'un tour. Avant qu'il eût réalisé, elle l'attirait par le col de son polo, et lui prit les lèvres d'un baiser exigeant :
—Eric...
—Luce, je ne sais pas si...
—Vous n'êtes pas en service, que je sache... Vous m'avez plu tout de suite, malgré que les militaires, c'est pas trop mon truc... chuchotait-elle. On va faire vite, mais j'ai envie, si tu savais...
Elle s'appuya au tronc d'un chêne, défit sa combinaison qu'elle fit tomber sur ses talons, attira le commandant contre elle et Abréal ne résista plus. Ce fut rapide et violent. Mais doux en même temps...
—Mais Luce, ce n'est pas comme ça que je voulais... protestait-il. J'aurais voulu...des préliminaires... des caresses... je voulais être doux et attentif et...

—Mais qu'est-ce qu'on en a à faire, des préliminaires... On n'a pas le temps ! il faut remonter vers les autres. Si j'ai bien compris, c'est pour cette nuit, c'est ça... ?

Ils haletaient, se mangeaient de baisers, leurs corps liés dans une étreinte bienfaisante et douloureuse... Ils prirent du plaisir en même temps puis se contemplèrent assouvis. Ils se réajustèrent, et Abréal posa sur la main douce et habile de Luce, un baiser appuyé. Ils se sourirent et remontèrent vers le gîte.

Les Winter, Félicien et Véra étaient installés sur la terrasse, et Christophe et André servaient l'apéritif. André et son ami du collège racontaient à tour de rôle des anecdotes de ces années d'adolescence, en riant aux éclats. Les Winter renchérissaient en rapportant des souvenirs de leurs propres années d'étude.

Rose et Aurélia s'affairaient en cuisine. Marion s'occupait à faire dîner les enfants avant leur coucher.
Maude peaufinait son défilé de chapeaux, que les femmes présentes, y compris Mme Winter, présenteraient de bonne grâce après le dîner. D'ailleurs, Mme Winter connaissait de bonnes boutiques de Genève qui seraient ravies de présenter les créations de la jeune femme.

« Maude chérie, je crois que je t'aime... Ces jours de soleil vont-ils finalement déboucher sur de l'obscurité... Non, cela ne se peut pas ... Comment tout

cela va-t-il finir... Tu te tournes vers moi, comme si tu avais saisi ma pensée. Mais tu ne sais rien. Je ne veux rien te dire... Je veux que tu restes encore insouciante et heureuse comme tu sembles être ce soir... Je t'aime...»

—Du nouveau, Miranda ?
—Ah ! Commandant ! Je me demandais où vous étiez passé ! Charly n'est pas avec vous ?
—Non, je crois qu'il est descendu au village, quand les amis d'André sont arrivés.
—Je croyais que vous ne vouliez plus laisser entrer personne.
—Bah... En cas de problème, ça nous fera du monde en plus pour sécuriser les abords. Quoique je ne vois pas en quoi cet avorton pourrait nous être utile, à part déclamer des vers...
—Quelquefois, un peu de poésie, ça ne fait pas de mal, commandant !
—Humm, oui ... Mais bon ! Du nouveau ?
—Le laboratoire vous fait dire que le livreur et Jeannot la Pêche ont tous deux été trucidés avec un pistolet de poing qui aurait servi à un braquage vers Montpellier, il y a six ans, lors duquel un policier a été blessé avec sa propre arme. L'arme des crimes.

—Il y aurait donc un seul tueur... Qui a ses entrées chez les malfrats qui dealent du lourd...
—Justement, les collègues travaillent à interroger un peu les indics, afin de savoir qui aurait cherché à se

procurer une arme de poing dans les semaines ou les mois passés.

—Bon... Autre chose ?

—Eh bien oui : le témoignage des sœurs Tironi. Mais il faudra l'apprendre à Mme Lasparède avec ménagement... Apparemment, il y a un mois, un homme s'est présenté au bureau de poste de Grignan. Il voulait envoyer une lettre. Le bureau allait fermer, il n'y avait plus de clients, et le type avait une barbe de trois jours ! Germaine Tironi n'était pas trop rassurée. D'un seul coup, il s'est écroulé derrière le comptoir. C'est alors que Blanche Tironi est arrivée, elle est infirmière libérale, et les deux sœurs ont emmené l'homme chez Germaine pour le soigner. »

« Un soir de libation un peu soutenue, Germaine qui avait promis de garder le secret confié par ce jeune homme, a tout raconté à son neveu, Jean Tironi, fils de sa sœur blanche et qui lui aussi, aime bien le soirées arrosées. Il y a quelques semaines, Tironi a rencontré un des lieutenants de Greg, à qui il aurait rapporté toute l'histoire, sans oublier de mentionner le nom de la personne à qui ces lettres étaient envoyées. Lisez-vous même ! Voilà la copie du rapport que les collègues vous envoient en pdf. Et aussi un début de décryptage des lettres, par les décodeurs de la brigade.

—C'est bien ce que je pensais... murmura le commandant. Et c'est cela, le contenu de ces lettres qui recèle un secret, que les motards veulent s'approprier ! Il y a de bonnes chances pour qu'il s'agisse du lieu où

serait caché le fameux magot qui fait courir Greg et sa bande... Bon, Miranda, on ferme toutes les grilles, on tâchera d'envoyer au lit tout le monde le plus tôt possible... Miranda, je n'aurais peut-être pas dû vous dire de venir, surtout avec votre petit Gabin...
—Ne vous inquiétez pas, commandant. Je ne regrette pas d'être venue. Et Gabin non plus... Tout se terminera bien, vous verrez ! Et après, chaque fois qu'on reprendra le chemin des Bergerets, ce ne sera que pour du bonheur !

18

—Charly est revenu ?
—Non, commandant, dit Luce malicieusement. Peut-être a-t-il trouvé une jolie fille du pays à qui conter fleurette, au hameau...

Elle était appuyée à une poutre de la terrasse, et fumait en contemplant la nuit. Furtivement, il se glissa derrière elle et déposa un baiser sur sa nuque.
—Merci ma belle Luce...
—Merci de quoi ?
—Du plaisir que tu m'as donné...
—C'est moi qui te remercie.
Ils se contemplèrent en se souriant du fond du cœur.

—J'ai fait un tour... Tout est calme... par contre, Christophe est survolté...
Justement, Christophe revenait de la cave avec des bouteilles supplémentaires. L'apéritif se prolongeait dans le soir très doux pour un mois d'octobre. On avait allumé les photophores, et les barbecues.

—Christophe, inutile de dresser encore des tables. Restons comme nous sommes, proposait Mme Winter. Je crois qu'il est prévu des grillades... Nous ferons une sorte de pique-nique ! Ce sera délicieux ! Et cela ne

changera rien à notre commentaire sur votre maison, je vous assure ! Allons au plus simple, qu'en pensez-vous ?
—Soit, chère amie...
—Mme Winter et moi-même avons passé une après-midi délicieuse ! disait son mari. Je me suis reposé comme jamais, notre suite bleu lavande est un havre de paix et de fraîcheur. Et Mme Winter est un vrai petit poisson ! Elle ne voulait plus quitter votre piscine enchanteresse!

André vint avec Aurélia, présenter le menu du soir, tous deux revêtus de leur tenue de cuisine.
—Dès que les omelettes aux truffes seront prêtes, nous nous proposons de les servir immédiatement ! Christophe, si tu veux bien apporter les verres pour le vin.... Maude et Rose arrivent avec les salades et les fougasses.
Tout le monde accueillit la nouvelle avec enthousiasme.

—Tout va bien Véra ? Félicien n'est pas là ?
—Oui, merci pour tout André ! Félicien fait un brin de toilette et nous rejoint bientôt.
—Je vais voir Marion... dit Aurélia. Les enfants ne lui laissent pas une minute de répit.
La jeune femme rejoignit Mme Lasparède qui, un livre ouvert sur les genoux, somnolait dans un fauteuil à bascule, dans la chambre qu'Aurélia avait tenu à partager avec Miranda. Les petits dormaient à poings

fermés. Aurélia contempla son amie avec attendrissement.
« *la pauvre doit être éreintée... Que d'émotions en peu de jours...* »

A pas de loups, Aurélia alla ramasser sur le parquet, une photographie que Marion devait tenir à la main, avant de s'assoupir. Côté verso, il y avait une inscription manuscrite en longues lettres hautes, et Aurélia ne put faire autrement que de la lire : Landry, sa mobylette. Vienne, septembre 96. Elle sourit, les larmes aux yeux.
« *Le voilà donc, ce petit-fils bien aimé...* »

Puis elle retourna la carte, et l'approcha de la veilleuse, pour mieux discerner les traits de l'adolescent mince posant fièrement sur sa machine. Il avait les cheveux dans les yeux et son sourire... Aurélia retint un petit cri et regarda Mme Lasparède qui dormait toujours, poussant de temps à autres, de gros soupirs. Puis elle s'abîma de nouveau dans la contemplation de la photographie, et un moment, oublia où elle était.

On frappa doucement, et le joli visage de Miranda passa dans l'entrebâillement de la porte. Elle entra doucement et vint embrasser les enfants.
—Tout va bien, Aurélia ? Charly devait tenir compagnie à Marion, mais on ne sait pas où il est passé... je vais venir m'installer ici, je veillerai cette nuit... André te cherche... Mais ... Que se passe-t-il ?

Le lieutenant vit briller des larmes sur les joues d'Aurélia et vint s'agenouiller à son côté.
—Qu'y a-t-il ?
Aurélia lui dédia un pauvre sourire, essuya ses joues, lui tendit la photographie.
—Regarde Miranda... C'est le petit-fils disparu de Marion... C'est Landry...
—Eh bien ?...
—Mais... Son Landry... Je le reconnais bien, même s'il était plus jeune sur cette photo... Son Landry... C'est mon Olivier !

Les deux jeunes femmes demeurèrent un moment à se regarder en silence puis :
—Laissons-la dormir, chuchota Miranda en se penchant sur Marion. Et emmenons les enfants qui ne vont pas tarder à s'éveiller. C'est assez d'émotions pour ce soir. Viens, on va prévenir Abréal.

Le commandant, un peu à l'écart du groupe, scrutait la nuit. Miranda et Aurélia le rejoignirent et lui apprirent la nouvelle. Abréal siffla entre ses dents.
—Bon ! Eh bien, voilà qui va simplifier nos recherches ! Est-ce que les motards seraient au courant de cela, que Landry et Olivier sont une seule et même personne?
—Ce serai étonnant, commandant ! Après... Ils ne sont pas dans les parages par hasard... Ces types sont bien renseignés par quelqu'un...

—A moins qu'ils aient discrètement suivi André depuis le discount, l'autre soir, pour une toute autre raison que les lettres...

Ce qui est à peu près sûr, cogitait Abréal, c'est que les motards, qui voulaient faire parler Mme Tironi à Grignan, ignorent que Mme Lasparède est ici...
—Mais pourquoi ne sont-ils pas allés carrément chercher la lettre aux Hortensias où réside Mme Lasparède, puisque Jean Tironi, le neveu de Germaine, leur a dit le nom de la destinataire?
—Vous les voyez semer la *cata* dans une maison de retraite ?
—Non, bien sûr... mais ils pouvaient envoyer quelqu'un...
—C'est peut-être ce qu'ils ont fait, mais ils n'ont pas réussi leur coup...
—Commandant, et s'ils avaient vu Marion Lasparède quitter les Hortensias... Ou peut-être ont-ils suivi Aurélia, lors de visite à sa tante aux Hortensias...

Aurélia baissa la tête :
—Nous nous sommes rencontrées chez Marcel, dit-elle très bas. Mme Lasparède n'est pas ma tante. Elle est entré jeudi soir chez Marcel, elle semblait désemparée. J'ai tout de suite éprouvé de la sympathie pour elle. Je l'ai installée à la table de Charly qui avait tout préparé pour notre départ. C'est seulement quelques minutes après que Greg et sa bande sont arrivés et se sont installés pour manger. Marcel leur a donné le signal du

départ, ils se sont esquivés par la porte de service, et le plus naturellement possible, alors que le service tirait à sa fin, Marcel m'a dit qu'il terminerait les tables présentes dont celle de Greg et de deux de ses mastards.

—Donc, ils ne connaissent pas Mme Lasparède ! Ils savent qu'elle a reçu ces lettres, et qui les lui a envoyées, mais pas à quoi elle ressemble ! Je les vois mal demander une photographie de Marion aux Hortensias...
—Ce qui est sûr, c'est que les motards sont venus repérer les Bergerets. Aurélia, lorsque vous êtes partis de chez Marcel, vous êtes certaine que personne, absolument personne n'était là ?
—Vous voulez dire, vers la porte des cuisines où Charly et Marion m'attendaient dans la voiture?
—Oui...
—Non, tout était désert... Mais il faisait nuit... Nous avons fait très vite... je ne pourrais pas en jurer. Il faudrait demander à Charly...Peut-être a-t-il vu quelque chose...
—Miranda, demandez si les hommes en civil sont sur site, aux abords des Vollanes.
—Bien commandant. Commandant, je suis inquiète pour Charly. Il se proposait de veiller sur Marion et les enfants, cette nuit.
—Moi aussi, ça m'inquiète. Il n'a pas de portable, il se dit réfractaire au modernisme... Drôle de type...

C'est alors qu'on frappa à la fenêtre du bureau, et Abréal ouvrit. C'était Charly.

—Enfin ! On se faisait un sang d'encre ! Qu'est-ce que vous faisiez... Ça ne va pas mon petit vieux ?

Charly enjamba l'appui de la fenêtre et se laissa tomber sur le sol de la pièce. Il suait abondamment et claquait des dents. Il tentait de parler, mais ne parvenait pas à proférer quoi que ce fut.
—Allez lui chercher un verre d'eau, Miranda, s'il vous plaît. Alors, Charly, où étiez-vous passé?

Charly s'agrippait à son bras, et le commandant cherchait sur ses mains, sur ses vêtements, des traces de sang, des ecchymoses. Mais Charly ne paraissait pas blessé.
—Les motards ? Demanda Abréal.
Charly acquiesça d'un signe de tête.
—Ils vous ont agressé ?
Le garçon répondit par un signe de dénégation. Le commandant essayait de comprendre, sans succès. Miranda reparut avec de l'eau, Charly but goulûment, s'étrangla. Il parvint enfin à articuler quelques mots.
—Les motards... Les deux que j'ai vus … au café... Je les ai vus... Je suis tombé dessus...
—Vous êtes tombé dans une embuscade...
—Non... non ...Ils ... Ils étaient morts...
—Morts ?
Charly eut un long soupir et se mit à raconter d'une traite :
— Oui... C'était affreux ! J'ai une lampe de poche, j'ai vu d'abord les bécanes dans les fourrés. Parce que je

suis passé par des fourrés pour remonter ! En fait, je me suis perdu. A un moment, il y a un embranchement de chemins. Je ne savais plus lequel prendre. Je me suis dit, ils montent tous les deux, je me retrouverai de toute façon aux Bergerets... »
Le jeune homme eut un long soupir puis :
—C'est là que j'ai vu les bécanes, les roues en l'air. Je me suis dit que les hommes avaient abandonné leurs machines pour un repérage, et qu'il fallait que je sois prudent mais... J'ai buté dans quelque chose de mou... J'ai vu les types... Morts...
—Par balle ? On n'a entendu aucun coup de feu.
—Je n'en sais rien... Il me semble avoir vu un peu de sang sur eux, mais pour tout vous dire, je n'ai pas demandé mon reste...
—D'accord Charly ! Vous nous êtes précieux, mon vieux... Miranda, alerte à toutes les brigades. Point de ralliement, le hameau des Vollanes. En civil et discrètement. Signalez les deux victimes.

—Dites-moi, Charly, lorsque vous avez quitté le resto de Marcel avec Aurélia et Mme Lasparède, il y avait quelqu'un non loin de votre voiture ?
Charly but encore un peu d'eau, réfléchit, paupières plissées.
—Non... Il y a une grande esplanade qui fait tout le tour du routier, mais pas loin de la route, il y a un bouquet d'arbres, quelqu'un aurait pu s'y cacher, c'est possible, mais je n'ai vu personne.

—Il y avait encore des voitures sur le parking lorsque vous êtes partis ?
—Attendez... Oui... Deux ou trois voitures. Plutôt trois, il me semble.
—Celles des clients et de Marcel ?
—La voiture de Marcel, c'est nous qui l'avons prise pour venir, avec sa permission, évidemment... Mais ... J'y pense... A part les motards, il n'y avait que deux tables. Et je les ai vus arriver ! s'écriait Charly. Une voiture pour les occupants des deux tables. Donc, ça fait une voiture en trop !

—D'accord... émit sombrement le commandant. Charly, vous rejoignez Marion dans la chambre des enfants, et vous ne les quittez pas d'une semelle. Vous fermez porte et fenêtre. Quelqu'un sait que Mme Lasparède est ici et qu'elle détient les lettres. Il va chercher à les récupérer... Par tous les moyens...

19

Par la fenêtre ouverte, on entendait les rires et les conversations. Maude présentait ses chapeaux. Et les exclamations fusaient, admiratives, ponctuées d'applaudissements.

—Qu'est-ce qu'on fait, commandant ?
—Charly, vous pouvez vous rappeler par où vous êtes passé ?
—Je peux essayer de retrouver, si vous voulez, proposait le garçon d'une voix blanche.
—Non, c'est très courageux de votre part, dit Abréal en lui donnant une tape amicale, mais vous avez votre compte d'émotions pour aujourd'hui. C'est au tour de la brigade d'intervenir. Ils vont chercher l'endroit où ces deux hommes sont morts. C'est loin d'ici ?

—Oh... Je crois que je devais être à un kilomètre des Vollanes, et environ un kilomètre d'ici aussi. En me retournant, je voyais briller les lumières des maisons. Il y a un embranchement avec des coupes de bois empilées.
—Miranda, faites passer ces renseignements aux gars. Charly, vous n'avez vu personne d'autre ?
—Non... Même que j'avais une peur bleue. A chaque buisson, j'avais l'impression que j'allais tomber sur l'assassin...

—Tenez, prenez ça...
—Qu'est-ce que c'est ?
—Une bombe d'auto-défense. Hyper-puissante. Si vous voyez que quelqu'un essaie d'entrer dans la chambre de Marion, vous appuyez un bon coup, l'énergumène n'insistera pas !
—Commandant, je suis non-violent.
—Eh bien, mais... Vous ne ferez que faire verser des larmes de repentir à vos agresseurs. Que demandez de mieux. En place, Charly.

—Vous pensez qu'il y a un réel danger ?
—Oui, et c'est Mme Lasparède qui est visée... en premier lieu... Quelle heure est-il ?
—Bientôt minuit, commandant.
—Il faut à présent inciter tout le monde à réintégrer les chambres.

Charly ne se décidait pas à quitter la pièce, se balançait gauchement.
—Commandant... Et si c'était moi, l'assassin ... Si c'était moi, qui avait tué tous ces gens ... On dit que je suis un peu bizarre... Si c'était moi, qui allait assassiner Marion ?
Abréal le considéra avec sympathie :
—Voyez-vous Charly... Si les gens un peu bizarres sont des assassins, alors, tous les résidents des Bergerets pourraient être soupçonnés...
—Merci commandant, dit Miranda, c'est sympa !

—Je me compte également dans le nombre... précisa le commandant avec un clin d'œil.

Tous avaient regagné leurs appartements. Il demeurait des reliefs de la soirée, des bougies semi-éteintes dans les photophores. La nuit était d'un calme absolu, striée de temps à autre par le cri de quelque chevêche. Rien ne laissait penser qu'il y avait, à un kilomètre de là, deux corps couchés dans les taillis, ni des gendarmes en civil progressant sans bruit depuis le hameau vers les Bergerets.

Le commandant avait donné la consigne à ses hommes. Silence radio à partir de maintenant. Comme lui, le lieutenant Miranda qui semblait fumer tranquillement appuyée à la balustrade de la terrasse, scrutait la nuit, son arme passée dans le holster planqué sous son blouson. André s'approcha mais elle le repoussa doucement, car elle ne souhaitait pas qu'il devinât dans leur étreinte, la forme du pistolet.

—Miranda, je croyais que toi et moi...
—Oui, mais ce soir, c'est un peu différent...
—En quoi est-ce différent de cet après-midi ? Tu crois que je suis dangereux, c'est cela ? Ton commandant t'a fait la leçon ?
D'autorité, il la prit sous les coudes et l'attira contre lui pour un baiser.
—Lâche-moi, tu me fais mal ! Tu ne comprends pas ce que je t'ai dit ?

Il la serra contre lui, et sentit le holster sous son bras. Il siffla entre ses dents, et recula.
—Je vois...
—Tu ne vois rien du tout ! Je ne peux pas t'expliquer !

A ce moment, Félicien et Véra enlacés se dirigeaient vers la maison :
—Querelle d'amoureux ? proféra Félicien avec malice. Bon, eh bien, nous nous sommes promenés un peu, Véra et moi, mais nous allons nous coucher ! Bonne nuit tout le monde...

Christophe avait rejoint Abréal qui se servait un verre d'eau dans la cuisine.
—De l'eau, commandant ? L'heure est donc si critique ?
—Je crois que nous allons le savoir sous peu...
—Vous soupçonnez toujours André ?
Abréal jeta un vif regard vers la porte.
—Parlez plus bas. Où est Rose ?
—Elle est avec Luce. Elles projettent d'émigrer dans la soupente aménagée du grenier. En cette saison, il n'y fait plus très chaud. Elles y seront bien. Ça nécessite un peu d'alpinisme pour grimper l'escalier abrupt, mais elles sont vaillantes !

—Bon... Parfait... marmonna Abréal. Nous allons aussi y faire monter les enfants. Mais très discrètement. Vous pouvez faire cela avec Aurélia ? Ensuite, vous regagnez votre chambre avec Maude et vous vous enfermez.

—Vous m'expliquez, commandant ? Je suis alarmé, là... Comment cela va-t-il finir ?
—Excusez-moi mais... Il n'y a rien à expliquer pour le moment. Seulement attendre. Faites cela. Je vais boire un verre sur la terrasse. Vous avez encore du Saint-Joseph ?
—Mais...
—Allez Christophe, peut-être ne sera-ce qu'une alarme, mais je crois hélas que non...

Miranda. Miranda. Veux-tu me briser le cœur ? Moi qui voulais tout recommencer à zéro, et j'ai réalisé que tout ce que j'ai fait, jusqu'à présent, c'était pour toi... Oui, j'ai fait souvent des folies, beaucoup ne comprendraient pas mes choix, mais, le chemin tortueux que j'ai parcouru, c'était le chemin qui me menait à toi. Voilà, ma belle Miranda, tout est fini. Tu as éteint les lumières de la fête. Pourquoi ?...Moi, je t'aime. Même si tu ne veux plus, moi, je veux encore te prouver mon amour. Même si je dois accomplir de plus grandes folies encore pour te conquérir...»

—Commandant, commandant !
—Qu'est-ce qu'il y a Charly ?
—J'ai vu Christophe et Aurélia monter dans le grenier avec les petits.
—Bien. Tu as croisé quelqu'un d'autre ?
—Non... Mais... Marion n'est pas dans sa chambre...

Le commandant étouffa un juron.

—Il faut absolument la trouver... Avant que quelqu'un d'autre ne la découvre...
—Qui... commandant ?
—Nous allons bientôt le savoir...

Du coin de la terrasse où ils étaient, ils voyaient André et Miranda échanger des baisers passionnés. Christophe revint :
—Rose et Luce sont dans le grenier avec les enfants et Aurélia.
—Quelqu'un vous a vus ?
—Non, tout le monde est couché. J'ai croisé Véra qui sortait de la cuisine et se dirigeait vers le salon, en regagnant ma chambre. Elle m'a dit qu'elle ne pouvait pas dormir.
—Elle est au salon ?
—Non, elle a dû regagner sa chambre. Je suis repassé dans le couloir, la bibliothèque était éteinte.
—Quelle chambre occupe-t-elle ?
—La chambre verte, près de celle de votre lieutenant, de Miranda et des enfants.
—Maude est avec vous ?
—Oui.
—Avez-vous vu Marion ? Charly devait rester avec elle, mais il s'est rendu dans ses appartements et Marion n'y est plus...
—C'est vrai, je ne l'ai croisée nulle part... Peut-être est-elle dans le jardin. Je vais voir si vous voulez...

Les traits du commandant se crispèrent. Il tira son pistolet et l'arma.
—Mais qu'est-ce que vous faites, commandant ?
—J'espère qu'il n'est pas trop tard...
Il s'aperçut qu'André n'était plus avec Miranda. Il se précipita vers la jeune femme.
—Où est André ?
—Il vient d'aller se coucher. Un problème ?
—Un gros. Marion a disparu...
—M...
Et de la part de la jeune femme, c'était vraiment un très gros mot, que sa grand maman chamane aurait réprouvé avec véhémence.

20

—Tu cherches quelque chose ?

Le garçon se retourna, un instant ébloui par la lumière qui avait jailli lorsque l'arrivant fit jouer le commutateur. Il considéra un moment celui qui le regardait, soupesant le parti à prendre. Il repoussa vivement le tiroir de la commode.

—Tu t'es trompé de chambre, on dirait... Ta petite amie va s'impatienter...
—Oui... Elle m'a demandé de lui rapporter ses affaires de toilette, mais j'étais dans le jardin, et je ne me souviens plus où elle est logée. Comme tu le dis, je me suis trompé de chambre. Je n'ai rien trouvé dans la commode...

Il sourit. Mais l'homme qui avait ouvert la porte et faisait face au garçon ne semblait d'humeur badine. Alors Apollo sut ce qu'il lui restait à faire. Il dégaina son pistolet, celui qui avait servi à dessouder le chauffeur-livreur et le vieux Jeannot-la-Pêche.
—Ferme la porte à clé. Où sont les lettres ? Et la vieille, où l'avez-vous cachée ?
—Je ne peux répondre à aucune de ces questions. Il vaudrait mieux demander aux gendarmes, je crois qu'ils ne sont pas loin.

—Ne fais pas le malin... Je répète... Où sont les lettres et la vieille ?
—Pourquoi tu ne tires pas? Peut-être que tu m'auras, mais tous les autres rappliqueront. Tu n'as aucune chance. Tous les gendarmes de la région encerclent les Bergerets.

—Idiot ! J'ai un silencieux.
—Comment as-tu pu en arriver là ?
—Bah... Tu sais ce que c'est... Pour vivre décemment de nos jours, il faut toujours plus de moyens... Et puis, j'ai rencontré cette femme. Je veux la rendre heureuse. Partir avec elle. Il me faut de l'argent.
—Je ne peux pas le croire.... Comment as-tu fait pour me retrouver?
—A vrai dire, je n'étais pas certain que tu serais là... Mais tes merveilleux petits cahiers sont d'une aide fabuleuse ! De quoi monter un plan parfait...

André avança de quelques pas. L'autre fit de même.
—Ne bouge pas ! Une dernière fois, où sont les lettres ? Et je me casse sans faire de grabuge. On n'entendra plus jamais parler de moi. Ma Dulcinée est dans la voiture. Elle m'attend. Tu me dis où est la vieille, elle me donne gentiment ses lettres et je m'en vais. J'ai fouillé partout... Où est-elle cachée Mme Lasparède ? Elle n'est pas transparente, que je sache ? Encore qu'à son âge...

—Je te dis que je n'en sais rien... Et maintenant, qu'est-ce qu'on fait ? On se raconte notre vie, on refait le monde, comme autrefois ? Ou on attend bien sagement la gendarmerie ?

—Tu me trouves Mme Lasparède, et nous ferons une petite promenade ensemble, jusqu'à ce que nous ayons passé les barrages. Ensuite, tu deviendras ce que tu voudras. Mais je te conseille de te tenir tranquille. Je ne te ferai pas de cadeau.
—Tu n'iras pas loin. Il m'est revenu tout à l'heure que je ne t'avais jamais dit que mon frère tenait un gîte. Tout à l'heure, je l'ai dit au lieutenant qui n'a pas manqué de le répéter au commandant Abréal.

—En effet, mon cher André. On parle toujours trop. Il faut que je réduise ma consommation de dope. Comme je te l'ai dit, j'ai trouvé le renseignement dans ton merveilleux petit cahier. Dorénavant, il faudra mieux le planquer... J'adore ton style ! Tu devrais persévérer... J'ai adoré le portrait très bien croqué de tes deux petites vieilles préférées qui passaient devant ta fenêtre en allant aux Hortensias. Ah ! D'ailleurs, je dois te remercier de ton hospitalité. J'ai passé de délicieux moments avec Véra, grâce à toi ! »
«Ça m'a aussi permis de faire la connaissance d'Emile Cachaud, un jour que tu n'étais pas chez toi. Il venait te voir pour une mission, je lui ai dit que je te ferais passer le message. Nous avons bavardé, et nous sommes tombés d'accord sur beaucoup de choses... Une vraie fripouille, mais doté d'un sens des réalités bien agréable ! Tu sais qu'il voulait se débarrasser de toi à

court terme ! Ta naïveté l'exaspérait. Il souhaitait refonder toute son équipe... »

« Il m'a présenté Greg. Celui-là, il vieillit. Son business a besoin d'un vrai dépoussiérage. La semaine dernière, j'ai appris que ses sbires avaient du nouveau sur la magot que le copain d'Aurélia lui a chouré...Et tu ne le croirais pas ... Tous les documents pour parvenir jusqu'au pèze était en possession de d'une petite vieille des Hortensias, sous forme de lettres ! Véra est allée aux renseignements, mais sans résultats. »

« Et miracle ... L'autre soir, chez Marcel, qui je vois ? Aurélia et un de ses potes, une espèce de toqué, qui se carapate avec la petite vieille des Hortensias qui passait sous tes fenêtres ! Elle est pas belle la vie ! Je les ai suivis à bonne distance. Ils ont pris le chemin de la maison de Jeannot la Pêche... Je t'ai vu aussi récupérer je ne sais pas quoi avec la fille des chapeaux, vers le container à linge, sur la 7... Entre nous, il y a une bonne bande de fêlés dans votre crèmerie !

— Tu ferais un super flic !
—J'imagine que c'est un compliment.
—C'est toi qui as tué le chauffeur-livreur et Jeannot ?
—Qu'est-ce que ça peut te faire ?
—Comme ça pour savoir... Tu voulais quand même me faire porter le chapeau...

—Oui, rien de plus facile que de me procurer des lambeaux de tes fringues. Par la même occasion j'ai un peu orienté les soupçons sur Greg. Histoire de lui montrer qui est le chef, à présent. Pour plus de véracité, j'ai laissé une petite reconnaissance de dette que j'ai eu soin de signer de ton nom. J'en ai profité pour récupérer mon argent. C'est que Jeannot était gourmand pour le matos. C'est vrai que l'arme d'un policier, c'est plus cher... Quant au chauffeur-livreur, il voulait quitter le circuit. Il a trouvé la dope un soir, dans les cartons des télés. Emile a essayé de lui faire entendre raison, mais il ne voulait rien savoir. Monsieur avait des scrupules...

—Et les deux motards...
—Tiens... Tu es au courant de cela aussi... Tu m'impressionnes, sais-tu... Les lieutenants de Greg. Ils me suivaient... Greg a dû savoir que j'allais le doubler... Une petite mise en bouche, avant de monter au gîte. Véra n'était pas trop d'accord, mais bon...

—Tu es vraiment dingue, Félicien.
—Il n'y a plus de Félicien. Le poète neurasthénique a disparu. Maintenant, je suis Apollo. La perspective du fric en pagaïe m'a redonné la pêche. Et sous ces cheveux prématurément blanchis, il n'y a plus de nuages noirs. Seulement une tête bien pleine, qui ne me donne que des satisfactions !

Mais soudain, une bouteille d'eau minérale pétillante bien pleine elle aussi, s'abattit comme un gourdin sur le crâne garni de cheveux blancs de Félicien.
—Tiens ! Dit Marion. Voilà pour ta tête bien pleine, Malotru ! De la part du toqué et de la petite vieille transparente !

Apollo tomba sur les genoux, s'étala de tout son long. André se précipita pour le plaquer au sol.
—Marion... Vous étiez là... Vous n'êtes pas blessée... Vous m'avez fait la peur de ma vie ! J'ai bien cru que Félicien vous entendrait, et tirerait...

Mme Lasparède montrait la penderie murale, près de la commode. Elle avait doucement ouvert la porte, et Apollo ne s'était aperçu de rien.
— Pas de danger... J'ai remarqué tout à l'heure que l'homme souffrait d'une légère surdité. Sa compagne lui répétait plusieurs fois la même chose. Vous pensez, avec ma bonne Huguette Longevert, j'ai l'habitude ! Je me suis cachée là... Et nous pouvons bénir les bonnes volontés qui entretiennent le gîte ! Aux Bergerets, les portes ne grincent pas !

La porte céda sous une poussée violente, et le commandant Abréal, accompagné de la lieutenante Saint-Joseph se ruèrent à l'intérieur de la chambre, s'assurèrent d'Apollo toujours inconscient sur le tapis.

—J'espère tout de même que je n'y ai pas été trop fort...

—Ne vous en faites pas, Marion. Le loustic a la tête dure ! D'ici quelques heures, il sera en parfaite forme pour répondre de ses crimes ! Le principal est que vous soyez saine et sauve ! Ça va André ?
—Oui, tout va bien...

—C'est un miracle que vous vous soyez souvenu à temps que vous n'aviez jamais dit à Félicien que votre frère était le propriétaire des Bergerets...
—Oui, à partir de là, je me suis demandé comment il était arrivé jusqu'à moi, et j'en ai parlé à Miranda... heu, je veux dire au lieutenant Saint-Joseph...
—Nous avons alors compris que Félicien était notre tueur, dit Abréal.

Deux gendarmes en civil entrèrent, s'emparèrent de Félicien qui revenait peu à peu à lui. Ils exposèrent que Véra avait été appréhendée et attendait dans le fourgon. Des équipes avaient trouvé les corps des deux motards, tués par balle dans le courant de l'après-midi.

—Parfait... soupira Abréal. Marion, nous vous avons cherchée partout, sans résultat. Nous nous sommes dit alors que si vous n'aviez pas quitté la maison, il y avait de grandes chances pour que vous n'ayez pas quitté non plus votre chambre. Lorsque nous y sommes retournés, nous avons vu qu'il y avait de la lumière, et que quelqu'un était occupé à fouiller... Pardon de vous avoir un peu utilisée comme appât...

—Oh ! Ça ne fait rien du tout, bien au contraire ! Protestait Marion. Lorsque je me suis éveillée, j'ai vu que les enfants n'étaient plus là, et je n'avais aucune notion de l'heure. La nuit était tombée, et j'ai entendu que l'on dînait sur la terrasse. J'allais sortir dans le couloir, lorsque j'ai vu la femme des Hortensias... Elle était accompagnée d'un homme, ils ouvraient toutes les portes. »
« J'ai eu peur, je me suis vite cachée dans un recoin de la penderie murale, derrière les couettes et les peignoirs de bain. J'ai entendu l'homme dire à la femme brune d'aller dans la voiture et de l'attendre. Puis il a fouillé partout, mais surtout dans les boîtes et les tiroirs : il cherchait les lettres. Je me suis fait toute petite, presque... *transparente* dans mon coin... Il ne m'a pas vue... Puis vous êtes entré, André...

« Merci mon Dieu, d'avoir été là... Vous nous avez sauvé la vie... »
« Tu y es aussi pour quelque chose, ma petite Marion. Tu vois que les petites vieilles transparentes, ça sert aussi à quelque chose... »

Puis comme elle était venue, la silhouette de l'homme sombre disparut aux yeux de Marion.

Épilogue

Marion et le petit Jonas ne se quittaient plus. Mme Lasparède ne se lassait pas de contempler sa frimousse espiègle, et à présent qu'elle s'y attardait mieux, elle y retrouvait les traits et les expressions de Landry. Quant à l'enfant, s'il ne comprenait pas, - tout comme les grands d'ailleurs -, comment cette inconnue d'il y a peu, était devenue du jour au lendemain sa grand-mamie et la mamie de son papa, il la couvait de regards ravis et répétait à qui voulait l'entendre qu'il ne voulait plus jamais quitter mamie Marion.

Les Winter montèrent en voiture après le déjeuner. Les événements de la nuit ne furent pas évoqués devant eux, mais au moment du départ, Mme Winter embrassa Christophe sans façon :
—Je vous remercie pour tout, mon cher Christophe. Je vous enverrai un exemplaire de la *ronde des gîtes*. Votre établissement y figurera en bonne place. J'insisterai sur l'affabilité des hôtes, le cosy des lieux, et la perfection de la table. Je ne manquerai pas de mentionner les merveilles gustatives de votre duo de chefs, Aurélia et André.
—Madame, je vous en sais gré. Revenez-nous vite ! Votre présence sera toujours un grand plaisir pour nous tous !

—J'ai cru comprendre que certains de vos amis ici présents vont demeurer avec vous ?
—Oui... En fait, nous avons besoin de tout le monde...
—Vous avez bien raison, cher Christophe...
Mme Winter posait sa main sur son bras.
—Il n'y a pas que le cadre et la table, qui font la magie d'un lieu... Il y aussi l'amitié, l'amour, la tendresse... N'ai-je pas raison ?
Emu, Christophe s'empara de la main fine et y déposa un léger baiser.
—Allons... M. Winter veut être en Avignon en début de soirée. A bientôt, mon ami...Je ne manquerai pas de mentionner qu'on ne s'ennuie jamais aux Bergerets... Mais je garderai pour moi qu'il s'y passe parfois la nuit des événements... fantomatiques... Les esprits de la maison, j'imagine...

Christophe rougit et Mme Winter éclata de rire :
—A bientôt, Christophe ! Au plaisir de nous retrouver dans votre merveilleux gîte ! Je devrais dire... votre refuge...

Christophe regarda longtemps s'éloigner la voiture, et Maude vint glisser son bras sous le sien.
—Viens, nous t'attendons pour l'apéritif. Quelle épopée... Christophe, je vais m'installer un temps chez Marike, à Livron. Je vais créer mon atelier de couture près du sien. Luce va m'aider. Elle qui ne tient pas en place, elle veut s'établir non loin... Etrange, non ?

Maude souriait malicieusement, et Christophe buvait la lumière de ses yeux.
—Tu me quittes déjà ? Je vais me sentir si seul...
—Je ne serai pas loin, et je viendrai vous aider quand tu le souhaiteras. Et ma porte t'es ouverte ! Je te trouverai bien un lit de fortune ! Riait-elle. Et puis, tu as Aurélia, Jonas, Marion, Rose, Charly et André ! Sans parler de Miranda et Eric Abréal, qui seront souvent aux Bergerets, c'est à parier ! Comme solitude, il y a pire, non ?

Autour de la grande table, dans le silence de la nuit automnale, tous goûtaient l'atmosphère encore douce pour un temps, avant que viennent les premières gelées. Tous savouraient ces dernières heures bénies passées ensemble, à se remémorer les péripéties de la nuit, et Marion était l'héroïne du jour.
On vantait son courage, et Mme Lasparède rosissait de bonheur. Elle n'avait plus à s'inquiéter pour son lieu de vie. Christophe avait insisté pour qu'elle demeurât aux Bergerets comme chez elle. Marion précisa qu'elle seconderait Rose de son mieux, au grand plaisir de cette dernière. Quant à Charly et Aurélia, ils travailleraient et résideraient au gîte et bien entendu, Jonas resterait auprès de sa mère et de son arrière-grand mère.

—Quel chemin parcouru... ces dernières heures... dit Aurélia. Il ne manque rien à notre bonheur ! Merci à tous, du fond du cœur !

Mais il y avait un peu de tristesse dans sa voix, et tous comprenaient que le joie du moment était altérée par l'absence de Landry-Olivier.

Marion prit la main de la jeune femme dans la sienne.
—Ma petite Aurélia, à présent, nous allons nous mettre à la recherche de notre bien-aimé.
—Peut-être est-il en danger...

—Le laboratoire de gendarmerie continue de décrypter les lettres, dit Abréal. Dès que nous aurons ses conclusions, nous serons plus à même de découvrir où se trouve votre petit-fils, et votre compagnon... Nous ne vous abandonnerons pas, soyez-en certaines !

—Oui, fit Aurélia rêveuse. Notre chemin ne s'arrête pas là... Bien au contraire, il continue... Sera-t-il long, jusqu'à nos retrouvailles avec le père de mon Jonas ?

Marion l'embrassa :
—Je crois, chère petite, que l'important est que nous ayons retrouvé le courage d'avancer, et c'est grâce à vous tous. Même si le voyage se prolonge, et je comprends ton impatience que je partage, je sens que Landry-Olivier sait au fond de lui que nous marchons à sa rencontre, sur le même chemin. Et qui sait, peut-être n'est-il pas si loin de nous ?

Comme pour lui répondre, les petits chênes frissonnèrent, les feuilles d'argent et de bronze des oliviers teintèrent en chuchotant et le vent de sud apporta le doux parfum des lavandes tardives. En silence, recueillis, ils admiraient la lune et les étoiles au-dessus des cyprès se découpant en ombre chinoise. Une nouvelle nuit tombait sur les Bergerets.

FIN